KB123807

위대한 항해 14

2024년 5월 16일 초판 1쇄 인쇄
2024년 5월 21일 초판 1쇄 발행

지은이 이윤규
발행인 김관영

기획 박경무 강민구 임동관 조익현 최시준 신정윤
책임편집 최전경
마케팅지원 유형일 장민정

발행처 (주)로크미디어
출판등록 2003년 3월 24일
주소 서울시 마포구 마포대로 45 일진빌딩 6층
Tel (02)3273-5135 **Fax** (02)3273-5134
홈페이지 rokmedia.com **E-mail** rokmedia@empas.com

ⓒ 이윤규, 2023

값 9,000원

ISBN 979-11-408-2135-8 (14권)
ISBN 979-11-408-1029-1 04810 (세트)

위대한 항해

이윤규 대체역사 소설 14

❋ 피의 보복

CONTENTS

1장

　호프만 중령은 독일 해군 장교다.

　그가 프랑스 극동원정함대의 참전 무관이 된 것은 프랑스의 요청에 의해서다.

　그리고 프랑스가 전통적으로 경쟁 관계인 독일의 현역 장교를 초대한 것은 자신들의 해군력을 자랑하기 위해서였다.

　그만큼 프랑스는 이번 원정에서 대한제국을 굴복시킬 자신이 있었다. 독일도 이런 의도를 알았으나 프랑스의 해군력을 직접 확인하기 위해 호프만 중령을 보냈다.

　지난해 연말.

　붕타우에 도착한 호프만은 두 달 동안 지루한 시간을 보냈다. 그러다 출정을 하게 되면서 지난 사흘 동안을 알차고 즐

겁게 보냈다.

호프만 중령은 전형적인 유럽인의 사고를 갖고 있었다. 그랬기에 프랑스가 질 거라고는 조금도 생각하지 않고 있었다.

그는 전날 프랑스 동료들과의 만찬에서 술을 즐기고서 취침했다. 그러고는 새벽까지 잠을 자고 있다가 엄청난 굉음과 함께 내동댕이쳐졌다.

꽈쾅!

우당탕!

"으윽!"

호프만은 잠에서 깨어나면서 비명을 질렀다. 그런 그는 화들짝 놀라 정신을 차렸다.

"한국 해군의 공격이다!"

놀란 그는 황급히 군복을 챙겨 입었다. 그러고는 군모를 쓰지도 못하고 갑판으로 뛰어올랐다.

"아아!"

갑판에 오른 그는 탄식부터 터트렸다. 그가 타고 있던 함정은 프랑스 함대의 기함인 샤를마뉴였다.

샤를마뉴는 최강의 전함이었기에 대한제국 해군이 상대할수 없을 거라 생각했다. 그런 예상과 달리 샤를마뉴의 옆구리가 처참하게 깨져서 시꺼먼 연기를 내뿜고 있었다.

호프만이 넋두리했다.

"어떻게, 샤를마뉴가 이렇게 처참하게 깨질 수 있단 말인가."

이때였다.

꽈꽝.

그의 넋두리가 끝나기도 전에 옆에 있던 동급 전함에 포탄이 적중했다. 그 순간 온 사방이 환해질 정도로 불길이 치솟아 올랐다.

"아아! 이게 꿈인가 생시인가? 당대 최강의 전함이 어떻게 이렇게 맥없이 당할 수 있단 말인가?"

이 시대의 포탄은 아직 철갑탄이다.

그래서 포격을 당해도 화약고를 명중당하지 않으면 폭발하지 않는다. 그렇다 보니 수십 발의 포탄에 적중되어도 생존하는 경우가 다반사였다.

그런데 어디선가 날아든 포탄은 호프만의 상식을 여지없이 깨트렸다. 호프만 중령의 놀라움은 여기서 끝나지 않았다.

꽈꽝!

무언가가 날아온다는 느낌이 드는 순간. 또 다른 전함이 포격에 적중되면서 불기둥을 뿜어 올렸다.

그뿐이 아니었다.

샤를마뉴가 당한 포탄은 어뢰였다. 어뢰는 수면 아래의 장갑이 약한 부분의 선체를 타격했으며, 그 여파로 선체가 기울기 시작했다.

호프만 중령은 샤를마뉴가 한쪽으로 서서히 기울자 놀라서 급히 난간을 잡았다.

"이게 어떻게 된 거야? 겨우 포탄 1발이 적중되었을 뿐인데 전함이 기울다니!"

그리고 또.

꽈꽝!

여지없이 또 1척의 전함에 포격을 당했다.

호프만 중령은 놀라 당황했다.

무차별포격도 아니었다.

포탄은 몇 분 간격으로 1발씩 날아왔다. 놀라운 점은 그렇게 날아온 포탄이 전함을 정확히 타격했다는 것이다.

호프만 중령은 등골이 서늘해졌다.

그는 해상에서의 포격전이 얼마나 어려운지 너무도 잘 알고 있었다. 그런데 대한제국 함대에서 쏘고 있는 포탄은 너무도 정확하게 목표를 타격하고 있었다.

그것도 한 발, 한 발씩 정확하게.

이때 프랑스 지휘관들이 다투어 갑판으로 올라왔다. 그런 지휘관들은 호프만 중령과 같이 놀라고 경악했다.

한 프랑스 지휘관이 소리쳤다.

"아니, 한국 함대는 이 여명에 어떻게 이렇게 포격을 정확하게 하는 거야!"

호프만 중령은 그의 외침을 백번 이해했다. 그러나 대한제국 해군은 프랑스 지휘관들이 놀라고 있게 만들지 않았다.

꽈꽝! 꽈꽝!

시간이 지날수록 날아오는 포탄의 개수가 많아졌다. 그렇게 날아온 포탄 중 일부는 바다에 떨어지며 거대한 물기둥을 뿜어 올렸다.

그러나 대부분의 포탄은 여지없이 목표물을 타격했다. 프랑스 지휘부는 허둥대고 전전긍긍하며 사방을 둘러봤다.

아직 해가 뜨기 전인 여명이었기에 시야가 불량했다. 그래서 어디를 살펴도 대한제국 함대는 보이지 않았다.

이때였다.

누군가 소리쳤다.

"어뢰가 다가오고 있습니다!"

이 말에 호프만 중령도 크게 놀라 수면을 내려다봤다. 그러자 몇 킬로미터 전방에서 엄청난 속도로 다가오고 있는 어뢰가 어렴풋이 보였다.

기함의 함장이 소리쳤다.

"선체를 급속 변침하라!"

그러나 이 지시는 망상에 불과했다.

프랑스 함대는 밤새 해상에 떠 있었다. 그 바람에 아직 보일러가 예열되지 않은 상태여서 제대로 움직일 수가 없었다.

호프만 중령은 조금 전에 봤던 폭발을 떠올렸다. 그래서 뒤도 돌아보지 않고 반대편 난간으로 달려갔다.

그가 막 난간을 잡았을 때.

꽈쾅!

엄청난 폭발음과 함께 샤를마뉴가 불쑥 튀어 올랐다. 그렇게 튀어 오른 샤를마뉴는 선체가 그대로 수면을 때렸다.

우지끈! 으드득!

그 순간, 둔탁한 굉음이 사방에서 들리면서 선체가 부러지기 시작했다. 다행히 호프만 중령은 난간을 잡은 덕분에 내동댕이쳐지지는 않았다.

그는 선체가 이상이 있는 것을 감지하고는 비상보트로 달려갔다. 그리고 급히 보트에 올라타서는 묶여 있는 줄을 풀었다.

순식간에 보트가 수면으로 내려졌다.

그때 갑판으로 10여 명이 몰려들었다.

"나도 데리고 가 주세요."

호프만 중령이 손을 내밀었다. 그러고는 손에 잡히는 대로 사람을 태웠다.

그러는 동안에도 보트는 점점 하강했다.

그리고 마침내 보트가 수면에 닿았다.

호프만 중령이 소리쳤다.

"묶인 줄을 풀고 모두 노를 잡아라!"

그는 분명 독일어로 지시했다.

그런데 놀랍게도 프랑스 수병들은 그의 지시를 알아들었다.

수병들은 보트의 견인줄을 풀고 노를 저어서 샤를마뉴에서 벗어났다. 호프만 중령이 소리쳤다.

"더 힘차게 노를 저어라! 샤를마뉴가 수장되면 수중 회오리가 몰아쳐 우리가 딸려 갈 수 있다."

놀랍게도 프랑스 수병들이 이 말도 알아들었다. 프랑스 수병들은 죽을힘을 다해 노를 저었다.

그런 얼마 후.

꽈꽝! 펑! 와르릉!

호프만 중령이 두 눈을 부릅떴다.

선체가 쪼개지던 샤를마뉴에서 순간 엄청난 수증기가 솟구쳤다. 바닷물이 침수해 기관실을 덮쳤기 때문이다.

그렇게 몰아친 압력으로 선체는 그대로 두 동강이 났다. 부러진 샤를마뉴 선체는 놀랍도록 빠르게 가라앉았다.

"아아!"

수병들은 노를 젓는 것도 잊고 탄식했다. 너무도 빠르게 침몰한 바람에 거의 모든 사람이 함께 수장되었기 때문이다.

호프만 중령도 해전에서 거대한 전함이 순식간에 수장되는 장면은 처음이었다. 잠깐 사이 선체는 급속한 와류만 남겨 놓고 가라앉았다.

잠시 넋을 놓았던 호프만 중령은 이상한 소리에 놀라 고개를 들었다.

쌔액!

엄청난 소리와 함께 날아온 포탄은 순식간에 프랑스 함대의 함정을 타격했다.

꽈광! 쾅!

이번에는 거대한 불기둥이 연속 뿜어졌다. 호프만 중령은 포탄이 어디를 때렸는지 알아챘다.

"아아! 화약고에 적중을 했구나."

포탄에 강타당한 함정은 7,000톤급이었다. 몇 번의 거대한 유폭이 이어지며 함정 전체가 불타오르면서 그대로 침몰했다.

이번에는 모두가 침묵했다.

호프만 중령이 침묵을 깼다. 호프만 중령은 손짓발짓을 해가면서 프랑스 수병에게 지시했다.

"이대로 있다간 우리 모두 죽는다. 그러니 합심해서 이 해역을 벗어나도록 하자."

"어디로 가야 합니까?"

"지금은 해역을 빠져나가는 게 목적이다. 그러니 무조건 멀리 나가도록 하자."

프랑스 수병들이 다시 힘을 냈다.

그런 보트의 뒤로 조금 전과 같은 굉음과 함께 불기둥이 뿜어졌다. 그러나 프랑스 수병들은 뒤를 돌아보지도 않고 죽어라 노를 저었다.

그사이 또 1척이 굉침하는 장면을 호프만 중령만 바라볼 수 있었다.

대한제국은 이번 해전을 별렀다.

이번에 프랑스를 확실히 제압시키지 않으면 같은 일이 반복될 것을 우려했다. 그래서 이전과 달리 프랑스 함대를 모조리 격침시킬 계획으로 각종 신무기를 장착한 장보고함대를 편성했다.

그런 계획에 맞춰 서전부터 모든 신무기를 동원해 프랑스 함대를 공격했다. 그 결과 20척의 극동원정함대가 궤멸되기까지는 1시간도 걸리지 않았다.

잠함 신채호가 프랑스의 기함인 샤를마뉴를 2발의 어뢰로 수장시켰다. 그러고는 바로 함수를 돌려 프랑스 수송함대의 후미로 내려갔다.

"잠망경 올려!"

함장 조성기의 지시에 잠망경이 수면으로 올라갔다. 그렇게 올라간 잠망경의 렌즈에는 아침 햇살로 밝아진 해역이 들어왔다.

조성기가 해역을 살폈다.

그의 잠망경에는 포격에 불타고 있는 프랑스 함대가 먼저 들어왔다. 그런 프랑스 극동함대에서 조금 떨어진 해역에 수송함대가 떠 있었다.

프랑스에게는 갑작스러운 공격이었다.

그런 공격이 워낙 압도적이어서 프랑스 수송함대는 달리 방도를 취하지 못하고 있었다. 그런 프랑스 수송함대의 뒤로 대기하고 있던 장보고함대의 지원 함정들이 다가서는 모습이 들어왔다.

조성기가 지시했다.

"프랑스 수송함대가 도주할 우려가 있다. 우리는 미리 어뢰를 장착하고 대기한다."

장보고함대는 프랑스 수송함대가 도주하면 모조리 수장시킬 계획이었다. 그런데 워낙 압도적인 해전에 압도되어서인지 프랑스 수송함대는 단 1척도 도주하지 않았다.

일부 함정이 움직이려는 시도가 있기는 했다. 그러나 빠르게 다가오는 장보고함대의 지원 함정들을 보고는 도주를 포기했다.

잠시 후.

여객선을 포함한 5척의 프랑스 수송함대에서 속속 백기가 내걸렸다.

조성기가 주먹을 움켜쥐고 소리쳤다.

"되었다! 프랑스 수송함대가 항복을 했어!"

부장이 기뻐 소리쳤다.

"최상의 결과입니다. 축하드립니다, 함장님."

곧이어 간부들의 인사가 쏟아졌다. 조성기가 기쁨을 숨기지 않고 대답했다.

"모두들 수고했다. 하지만 모든 전투가 끝난 것은 아니니 경계의 끈을 놓지 말도록 하라."

"예, 알겠습니다."

이 무렵.

장보고함대의 기함인 백두산에서도 전투 마무리가 한창이었다.

함대사령관 남종우가 지시했다.

"적의 모든 함정이 전투 불능 상태다. 모든 함정은 적 함대의 포격 사거리까지 접근한다!"

프랑스 함대의 전함들이 장착한 12인치 주포의 최대사거리는 15킬로미터 남짓이다. 이를 알고 있는 장보고함대는 적 전함의 유효사거리까지 접근했다.

그러나 이때는 이미 4척의 전함 모두 전투 불능 상태였다.

2척은 침몰되었으며 1척은 완파되어 승조원의 하선이 진행되고 있었다. 그리고 다른 1척은 시꺼먼 연기를 내뿜으면서 기울어져서 있었다.

기함의 함장이 권했다.

"사령관님, 좀 더 가까이 접근하는 것이 좋지 않겠습니까?"

남종우가 지시했다.

"적 함대의 상태를 확실히 파악한 뒤에 거리를 정하자. 함장은 백령도에 연락해 무인정찰기를 띄우도록 하라."

잠시 후.

무인정찰기를 날린 백령도에서 프랑스 함대의 상황을 전해 왔다.

"20척의 프랑스 함대 중 5척 침몰, 8척은 대파되어 전투는 물론 항해 불능 상황입니다. 다른 7척의 함정도 전부 피탄되었으며 그중 절반 정도만 전투가 가능한 상황입니다."

보고를 받은 남종우가 지시했다.

"프랑스 함대에 5킬로미터까지 접근한다. 그리고 프랑스 함대에 항복하라는 신호를 보내도록 하라."

이미 해가 중천이었다.

그래서 장보고함대의 기함 통신관은 햇빛 신호를 프랑스 함대에 날렸다.

하지만 신호를 받은 프랑스 함대는 한동안 대응이 없었다. 기함인 샤를마뉴가 두 번의 어뢰 공격에 가장 먼저 수장되었기 때문이다. 그 바람에 프랑스 함대는 한동안 반응이 없다가 뒤늦게 백기가 내걸렸다.

한 번 내걸리기 시작한 백기는 장보고함대가 5킬로미터까지 접근하기 전 모든 프랑스 함대에 걸렸다.

이제부터는 구난의 시간이었다.

남종우가 즉각 지시했다.

"프랑스 함대가 항복했다. 참모장은 이 소식을 곧바로 백령도와 대만으로 알리도록 하라!"

"예, 알겠습니다."

남종우의 지시가 이어졌다. 이런 남종우의 목소리는 그 어느 때보다 크고 우렁찼다.

"지금부터 구조 작업을 실시한다! 적이지만 생존자의 구조가 무엇보다 중요하니 각 함정은 여기에 우선적으로 집중하라!"

구조 지시에 맞춰 각 함에서 보트가 내려졌다. 그렇게 내려진 보트가 프랑스 병사들의 구난 작업을 시작했다.

프랑스 수송함대는 먼저 항복했다.

그런 프랑스 수송함대를 장보고함대의 지원 함정들이 인도해 대만을 향해 북상했다. 이어서 항복한 프랑스 함대 중에서 자력 이동이 가능한 함정들도 차례로 옮겨졌다.

구난 작업은 다음 날까지 이어졌다.

프랑스 함정 중 예인하기도 어려울 정도로 파괴된 경우는 어쩔 수 없이 자침시켰다. 그렇게 자침된 프랑스 함정만 5척이나 되었다.

장보고함대는 프랑스 함대에서 살아남은 전함 2척을 최선을 다해 구해 냈다. 그리고 7,000톤급 함정이 예인해 대만으로 옮겼다.

모든 상황을 종료한 것은 전투가 끝나고 이틀이 걸렸을 때였다. 장보고함대의 기함인 백두산은 가장 늦게까지 현장에 남아 있었다.

남종우가 해상을 둘러봤다.

이틀 전만 해도 수십 척의 배로 뒤덮여 아비규환이었다. 그랬던 바다는 마치 무슨 일이 있었냐는 듯 고요했다.

"너무도 잠잠하구나. 사흘 전만 해도 불붙은 함정과 수많은 보트가 널려 있던 바다였는데 말이야."

참모장도 동조했다.

"그러게 말입니다. 마치 아무 일도 일어나지 않았던 바다처럼 보이네요."

잔잔한 바다를 한동안 바라보던 남종우가 문득 해전을 회상했다.

"우리가 제대로 싸운 것은 맞지?"

"당연하지요. 첫날 구조한 독일 해군의 호프만 중령도 너무도 놀라운 해전이라고 평가했습니다. 자신이 알고 있는 해전 중에 이번처럼 백발백중의 포격을 한 해군은 없다고도 했고요."

남종우가 웃었다.

"후후! 그건 맞지. 우리가 사용한 무기가 포탄이 아닌 미사일이라는 사실을 호프만 중령이 알 수가 없었으니 말이야. 그랬으니 백발백중이라는 말도 안 되는 표현을 한 거야."

"그렇지요. 보통의 함포라면 백발일중만 해도 다행이겠지요. 그래도 요즘은 표적까지 거리를 측정할 수 있는 측거의 (測距儀)가 사용되면서 명중률이 높아졌다고 합니다."

남종우도 인정했다.

"그건 그래. 비록 익히기가 어려운 단점은 있지만 측거의는 인정해 줄 만한 관측 장비이지."

참모장이 본토 방면을 바라봤다.

"지금쯤 본토가 뒤집어졌겠지요?"

"물론이지. 승리를 예상하곤 있었겠지만 이 정도로 압승할 줄은 몰랐을 거야."

"맞습니다. 레이더와 미사일이 실전에서 이 정도로 위력을 발할 줄은 저도 놀랐습니다."

"모두가 국방과학연구소와 과학기술원의 노력 덕분이야. 그분들이 아니었다면 두 신무기의 실전 투입은 아직 어려웠을 거야."

"니콜라 테슬라 박사가 기술 개발에 엄청난 역할을 했다고 합니다. 무선통신도 그가 와서 결실을 본 물건이지 않습니까?"

남종우도 인정했다.

"맞아. 니콜라 테슬라 박사는 대단한 과학자임이 분명해. 한 사람의 천재가 세상을 바꿀 수 있다는 사실을 그를 통해 알게 되었어."

"그런 천재 과학자가 우리와 함께한다는 사실 자체가 행운이지요. 저는 이번 승전으로 프랑스와 같은 유럽 국가가 더 이상 우리나라를 낮춰 보지 않게 될 것 같아서 기쁩니다."

남종우도 격하게 공감했다.

"그렇게 되겠지. 이번에 출정한 프랑스 함대는 영국도 쉽게 상대하기 어려울 정도의 전력이었어. 그런 프랑스 함대를 우리가 압도한 사실이 알려지면 우리를 보는 시선이 완전히 바뀔 거야."

"독일 관전 무관인 호프만 중령도 큰 역할을 하겠습니다."

"당연히 그렇겠지. 자신들의 전력을 자랑하려던 프랑스가 제 발등을 찍은 격이 되었어."

두 사람은 서로를 보며 흡족한 미소를 지었다.

장보고함대 참모장의 예상대로 대한제국은 해전의 승전으로 난리도 아니었다. 프랑스 함대가 항복했다는 보고를 받은 내각은 그 사실을 즉각 언론에 공표했다.

이제 막 보급이 시작된 라디오가 가장 먼저 승전 소식을 알렸다. 이어서 현장에서 전해진 수십 장의 사진을 받은 신문들이 일제히 호외를 발행했다.

신문 방송으로 승전 소식을 접한 시민들이 길거리로 쏟아져 나왔다. 그러고는 누가 뭐라 할 것도 없이 만세를 부르며 환호했다.

군중은 황궁으로도 몰려갔다. 그리고 황궁 광장에 집결해 황제 폐하 만세와 대한제국 만세를 부르며 기뻐했다.

그리고 온 나라가 환호에 들떴을 즈음.

수상은 내각회의를 열었다.

그 자리에서 수상은 격렬하게 프랑스를 비판하고는 배상과 사과를 요구했다. 놀랍게도 프랑스는 이런 대한제국의 요구를 일축했다.

이에 장병익은 프랑스 극동해군이 모항으로 사용했던 봉

타우 포격을 명령했다. 대만에 잠시 정박해 있던 장보고함대는 이 명령에 따라 출항해 붕타우 항구를 초토화했다.

이런 와중에 프랑스 해군의 소형 함정과 민간 선박 10여 척도 전파되거나 침몰했다.

그런 뒤 대한제국은 재차 경고했다.

이번에도 항복하지 않으면 다음에는 인도의 퐁디셰리를 초토화하겠다고 했다. 그러면서 베트남과 인도차이나 독립을 적극 지원하겠다고 했다.

프랑스에게 인도차이나와 퐁디셰리는 교두보이며 최고 거점이다. 이런 두 지역의 상실은 프랑스에게 인도양과 태평양까지 잃게 된다는 의미였다.

함대를 추가 파견할 수는 있었다.

그러나 그렇게 할 수가 없었다.

보유하고 있던 해군 전력의 절반 정도를 이미 상실한 상황이다. 그런 상황에서 또다시 패전을 한다면 국가 방어 체계 자체가 흔들릴 수 있었다.

그 바람에 프랑스는 고심했다.

세계는 깜짝 놀랐다.

대한제국이 프랑스 함대를 압도한 사실도 놀라웠다. 그런데 항복하지 않는다고 코친차이나의 붕타우를 초토화한 것이다.

그러고는 더 강경한 보복을 경고하고 나섰다.

세상에서 프랑스를 상대로 이렇게 강경하게 나갈 수 있는 나라는 없다. 그런데 동양 국가인 대한제국이 그런 통념을 완전히 깨트린 것이다.

세계의 이목이 쏠리는 것은 너무도 당연했다.

전쟁이 벌어지기 전까지 대부분의 시선이 프랑스로 쏠려 있었다. 그만큼 모든 나라가 프랑스의 승리를 의심하지 않았다.

그러나 대한제국이 압도적으로 승리하면서 완전히 달라졌다. 세계 언론은 이때부터 대한제국의 군사력을 집중 분석하면서 제대로 된 평가를 하기 시작했다.

전 세계 신문은 연일 양국 전쟁과 관련 기사로 지면을 채웠다. 그러면서 프랑스의 굴복이냐 확전이냐를 놓고서 열띤 취재 경쟁도 벌였다.

프랑스 내각은 이 문제로 며칠 동안 마라톤회의를 열었다. 그런 회의 끝에 샤를 프레이시네 프랑스 총리가 기자들에게 결과를 발표했다.

"우리 프랑스는 이번에 남중국해에서 벌어진 해전에 대해 심심한 유감을 표합니다. 아울러 한국과 종전에 대해 협상할 계획을 갖고 있습니다."

이것으로 끝이었다.

어휘로 봐서는 완전한 사과는 아니다. 그러나 겉은 외교적인 수사일 뿐이고 실제로는 이 말이 사과라는 사실을 모르는 기자는 아무도 없었다.

그래서 프랑스 총리의 회견장에 있던 기자들은 하나같이
이렇게 송고했다.

프랑스가 대한제국에 정식 사과했다.

대한제국 외무부는 프랑스 총리의 사과 발표에 즉각 환영
의 뜻을 표했다.

그리고 책임 있는 대표자가 넘어와 종전을 협상하자고 제
안하며, 대한제국의 협상 대표는 대진이라고 공표했다.

이에 화답해 프랑스는 외무장관이 직접 방문하겠다고 통
보했다.

그리고 10여 일 후.

양측 종전 대표가 러시아와 국경인 만저우리에서 만났다.

펑! 펑! 펑!

백여 명의 내외신 기자들이 협상 회의장에 몰렸다.

대진이 먼저 능숙한 영어로 인사했다.

"먼 길을 오느라 고생이 많으셨습니다."

프랑스 외무장관도 영어에 능통했다. 그럼에도 자존심을
세우려고 일부러 프랑스어로 대답했다.

"이렇게 만나 뵙게 되어 반갑습니다."

악수를 나눈 두 사람은 마주 앉았다.

하지만 바로 협상을 시작하지 않고, 그 모습을 촬영하는

기자들을 기다려 주었다.

잠시 후, 기자들을 내보낸 두 사람은 협상을 시작했다.

프랑스 외무장관이 다소 어두운 얼굴로 입을 열었다.

"이런 일로 뵙게 되어 유감입니다."

대진도 동의했다.

"그러네요. 좋은 일도 많은데 하필 이렇게 외무장관을 뵙게 되네요."

"먼저 확인할 사항이 있습니다. 본국의 병사들 중 사상자가 얼마나 되는지요?"

대진이 준비한 서류를 내밀었다.

"안타깝게도 침몰한 선박이 많아서 사상자가 의외로 많습니다."

프랑스 외무장관은 서류를 확인하고는 인상을 찌푸렸다.

프랑스 함대의 기함과 동급 전함에는 750명의 승조원이 타고 있었다. 그런데 침몰된 2척의 전함에서 탈출한 승조원은 불과 수십 명에 지나지 않았다. 그 바람에 프랑스 함대의 사상자는 수천 명으로 불어났다.

"후! 사상자가 의외로 많군요."

대진이 위로했다.

"전투가 그만큼 치열했다는 의미겠지요."

"실례지만 귀국의 사상자는 얼마나 됩니까?"

"없습니다."

프랑스 외무장관이 깜짝 놀랐다. 그는 말을 잘못 알아들은 것처럼 한 번 더 질문했다.

"얼마나 된다고요?"

"전투 중의 사상자는 없습니다. 단지 귀국의 수병들을 구조하다 부상을 입은 10여 명이 있을 뿐이지요.. 그 또한 경상이어서 지금은 전부 완쾌되었습니다."

프랑스 외무장관이 입을 딱 벌리고 멈췄다. 그렇게 잠깐 굳어 있던 그는 신음을 토하면서 질문했다.

"으음! 그렇다면 함정의 피해도 전무하겠군요."

"그렇습니다."

"……."

프랑스 외무장관은 눈을 감고는 한동안 말을 하지 못했다. 그런 그의 얼굴에서는 복잡한 표정이 떠올랐다가 사라졌다.

대진은 기다려 주었다.

그리고 얼마 후.

프랑스 외무장관이 한숨을 내쉬었다.

"후우! 미안합니다. 하도 답답한 소리를 들어서 제가 잠시 경황이 없었습니다."

"괜찮습니다. 이해합니다."

프랑스 외무장관에게 장보고함대의 피해가 전혀 없다는 말은 큰 충격이었다. 그래서 그가 대진에게 요청했다.

"포로가 된 우리 병력의 대표를 만나 보고 싶습니다."

대진이 바로 말을 받았다.

"외무장관께서 오시면 그런 주문을 하실 것 같았습니다. 그래서 프랑스 포로 중에 선임 두 사람을 이곳으로 데리고 왔습니다."

대진의 손짓에 두 사람이 안으로 들어섰다. 이들은 프랑스 해군 제독과 해군 대령으로 외무장관을 보는 순간 얼굴이 붉게 달아올랐다.

대진이 자리에서 일어났다.

"제가 자리를 비켜 드릴 터이니 시간에 구애받지 말고 자유롭게 대화를 나누시지요."

"감사합니다."

대진이 자리를 비워 주자 세 사람은 오랫동안 밀담을 나눴다. 그 밀담이 끝나고 대진이 다시 회담장에 들어오니 프랑스 외무장관의 태도가 처음과는 완전히 달라져 있었다.

그가 먼저 대진에게 질문했다.

"우리 프랑스가 무엇을 해 드리면 되겠습니까?"

이 말은 완전한 항복이나 다름없었다.

2장

대한제국은 포로를 배려해 주었다.

부상자들은 최선을 다해 치료를 해 주었다. 프랑스 포로들은 대부분 천주교 신자였다. 그래서 사망자는 종군 신부로 하여금 장례를 집전하게 했다.

아울러 급식도 프랑스 보급품으로 풍족하게 챙겨 주었다. 이러한 조치는 포로들에게 깊은 인상을 심어 주기에 충분했다.

그러면서 대한제국에 대한 인식이 많이 잘못되었다는 사실을 깨닫게 해 주었다. 이러한 심경의 변화는 포로 대표들도 똑같이 경험하고 있었다.

포로 대표들은 외무장관에게 전투 과정과 상황을 그대로 설명해 주었다. 그리고 대한제국이 절대 쉬운 나라가 아니라는 점을 주지시켰다.

처음 이 말을 들은 프랑스 외무장관은 불쾌하게 생각했다. 패전한 지휘관이 상대국에 대해 호의적인 발언을 했기 때문이다.

하지만 그런 불쾌감은 해전 상황을 거듭해서 들으면서 점차 사라졌다. 그러면서 자신이 갖고 있던 우월감이 잘못되었다는 생각을 차츰 하게 되었다.

그래서 포로 대표를 만난 이후 협상에 임하는 자세가 달라진 것이었다.

프랑스 외무장관의 바뀐 인식 덕분에 종전 협상은 빠르게 진행되었다.

대진은 프랑스에 과도한 배상금을 요구하지는 않았다. 그 대신 남태평양의 누벨칼레도니와 부속 도서를 넘겨 달라고 했다. 그리고 청국과의 전쟁에서 어떠한 요구도 하지 말라고도 했다.

이 제안에 프랑스 대표는 난색을 보였다.

그러나 압도적으로 패전한 상황에서 달리 선택의 여지가 없었다. 더구나 20,000명에 가까운 포로를 송환받아야 하는 문제도 있었다.

며칠 동안의 실랑이가 있었으나 프랑스는 대한제국의 요구를 수용할 수밖에 없었다.

그렇게 종전 협상이 끝났다.

펑! 펑! 펑! 펑!

협상이 끝나고 양측 대표는 기자단에게 협상 결과를 공표했다. 종전 협상 내용을 들은 기자들은 대한제국에 누벨칼레도니를 넘겨준 사실에 놀랐다.

그리고 프랑스가 대한제국에 완전히 굴복했다는 사실에 더 놀랐다.

대진이 황제부터 찾아뵈었다.

"고생이 많았습니다. 이번 종전 협상에도 놀라운 성과를 거뒀군요."

대진이 몸을 숙였다.

"우리 수군이 압도적으로 승전한 덕분에 좋은 결과를 얻게 되었습니다."

"프랑스에 배상금을 의외로 적게 받았던데 그 정도로 전비는 충당이 가능합니까? 짐이 보고받기로 이번 해전에 미사일이 수십 발 사용되었다고 하던데요. 유도어뢰도 사용했고요."

"충분히 감당하고 승리한 장병들에게 포상금도 나눠 줄 정도는 됩니다. 더구나 노획한 함정도 10여 척이 넘고요."

"남태평양에 있는 섬을 할양받기 위해 배상금을 적게 받기로 했다고 하던데, 맞습니까?"

"그렇습니다."

"구태여 그럴 필요가 있었습니까?"

"이 섬은 과거 프랑스와의 전쟁에서도 한번 거론된 적이

있었습니다. 그 당시 우리 제안을 프랑스가 단번에 거절했고
요. 면적은 강원도보다 큰 섬으로 자연경관이 좋고 지하자원
도 풍부합니다. 더구나 지리적 요충지여서 프랑스의 남태평
양 거점이라고 할 수 있습니다."

대진의 설명을 들은 황제는 그제야 대진의 의도를 이해했다.

"영토 획득에 욕심이 별로 없는 이 후작께서 두 번이나 할
양을 받으려는 이유가 있군요."

"그렇습니다. 프랑스는 이 섬을 넘겨줌으로써 남태평양에
대한 기득권을 거의 상실했습니다. 그래서 영국도 우리가 이
섬을 획득하기를 은근히 바라는 상황이기도 합니다."

"정치적인 이유도 있다는 말이군요. 섬은 언제 양도받기
로 했습니까?"

"프랑스가 연말까지 자국민을 전부 철수시키기로 했습니다."

"생각보다 시간이 많이 필요하군요."

"현지에 대규모 니켈광산이 있습니다. 그 광산도 넘겨주
어야 하기 때문에 아무래도 시간이 조금 필요합니다."

"프랑스가 양도 약속은 지키겠지요?"

"종전 협상을 독단적으로 깨트릴 수는 없습니다. 그리고
만일에 대비해 대만에 머무르는 포로 중에서 최고 지휘관을
비롯한 100명의 간부를 연말까지 잡아 두기로 했습니다."

"잘했습니다. 현지 광산은 누가 맡게 되나요? 민간에게 불
하해 줄 겁니까?"

"아닙니다. 광업진흥공사의 수익사업으로 넘겨주려고 합니다. 광산에 필요한 인력은 남방에서 충당할 것이고요."

황제가 반색했다.

"광업공사 발전에 도움이 되겠군요. 그리고 이 후작이 일전에 말씀했던 둔황의 천불동에서 장경동이 발견되었다고 합니다."

"아! 그렇습니까?"

황제가 설명했다.

"이 후작의 말씀대로 지난해에 이미 발견되었다고 합니다. 그러나 청국이 워낙 어수선한 바람에 그동안 알려지지 않고 있었다고 하네요. 그러다 본국의 황실 박물관에서 파견된 학자가 직접 수만 점의 유물을 확인했다고 합니다."

대한제국 황실은 요양 천도 이후 황실 직할 박물관을 설립했다. 이후 대한무역의 막대한 배당금을 이용해 유물을 대량으로 수집하고 있었다.

수집 유물은 본국 유물이 우선이었다.

그뿐이 아니라 대륙에서도 고고학을 전공한 다수의 유물 수집가가 활동하고 있었다. 이들의 활약 덕분에 대륙의 유물도 대거 수집하고 있었다.

대진은 이 무렵, 둔황 천불동에서 장경동이 발견된다는 사실을 알고 있었다. 그래서 지난해 유물 수집에 관심이 많은 황제에게 그 말을 전했다.

대진에게 말을 들은 황제는 즉각 박물관에 지시해 사실을 확인시켰다. 그리고 반년이 훌쩍 지난 지금 보고된 것이다.

　대진이 궁금해했다.

　"유물을 어쩌기로 했사옵니까?"

　"짐이 할 수만 있다면 장경동의 모든 유물을 가져오라고 지시했습니다. 그런 짐의 지시에 황실 박물관이 대규모 인력을 파견한다고 알려 왔습니다. 그래서 북방의 땅이 굳어지는 5월경에 트럭을 이용해 만저우리에서 내몽골을 관통해 둔황에 다녀오겠다고 합니다."

　만저우리에서 둔황까지는 상당한 거리였다.

　"아무리 트럭을 이용한다고 해도 고된 여정이 되겠습니다."

　황제도 알고 있었다.

　"그렇겠지요. 길도 제대로 없는 거리를 왕복하려면 쉽지 않겠지요. 그래도 수만 점의 유물을 찾아오는 일이니만큼 힘들어도 해야지요."

　"그냥 가져올 수는 없으니 사례는 톡톡히 해야 할 것입니다."

　"당연히 그래야겠지요. 짐이 장경동의 도사에게 넉넉히 대가를 지급하라고 일러두었습니다."

　"잘하셨습니다."

　황제가 확인했다.

　"몽골이 우리의 보호국이 되는 것은 이제 불변이지요?"

　"그렇사옵니다."

"청국 황제가 몽골 초원의 대한(大汗)인 것은 알고 있겠지요?"

대진도 알고 있는 사실이었다.

"청 태종 때부터 그랬던 것으로 압니다."

"외몽골을 독립시켜 우리의 보호국으로 만들려면 그 문제부터 풀어야 합니다. 그러지 않고 단순히 독립만 시킨다면 무조건 내전이 일어날 수밖에 없습니다."

대진도 알고 있는 사안이었다.

그래서 몽골을 보호국으로 삼자는 말이 나올 때부터 특사를 몽골에 파견해 놓고 있었다. 그렇게 파견된 특사는 외몽골이 왕공회의에서 지도자를 선출하도록 활동하고 있었다.

"청국으로부터 원나라 옥새(玉璽)를 받아 내어 청국과 몽골과의 인연을 깨끗이 정리하겠습니다. 그래야 내몽골을 본국의 강역으로 만들 수 있습니다. 아울러 외몽골에서 본국의 통치 이념에 맞는 지도자를 지도자가 선출될 수 있도록 최선을 다하겠습니다."

황제가 흡족해했다.

"역시 이 후작입니다. 원나라 옥새라면 손쉽게 몽골을 보호국으로 삼을 수 있을 것입니다."

황궁을 나온 대진이 수상을 찾았다.

장병익은 이미 종전 협상 결과를 보고받았다. 그래서 대진에게 치하하고는 북경의 연합군회의에 대표로 참석할 것을 제의했다.

대진은 이를 흔쾌히 수용했다.

대한제국과 프랑스의 전쟁으로 북경협상이 잠시 중지되어 있었다. 그랬던 협상이 4월 중순 대진이 참여하면서 다시 본격화되었다.

프랑스는 대한제국과의 종전 협상에 따라 외인부대를 북경에서 철수했다. 그뿐만 아니라 연합국회의에 참여하지 않을 것도 공표했다.

연합국은 이를 당연하게 받아들였다.

대진이 참여하면서 연합국 간의 공조는 더 긴밀해졌다.

청국의 반응도 판이하게 달라졌다.

청국 대표 이홍장과 경친왕은 이번 해전으로 대한제국의 군사력에 압도되어 있었다. 그래서 연합국과의 협상에 이전보다 훨씬 적극적으로 임했다.

덕분에 협상은 대진이 참여하고 한 달여인 5월 말에 합의할 수 있었다.

협상 결과.

티베트와 신장, 몽골이 독립했다.

청국은 막대한 배상금을 지급하게 되었다. 대고포대를 비롯해 천진, 북경 사이의 포대도 철거되었다.

더 큰 문제는 외국군 주둔이었다.

이번 협상을 기점으로 북경에 외국군 주둔이 가능해졌다.

서양 각국이 공사관 경비를 이유로 공관 주변에 병력을 배치할 수 있게 된 것이다. 북경과 산해관 일대 열두 곳에 연합국 군대도 배치되었다.

이 조약 이후 청나라는 거의 외국 식민지로 전락해 버렸다. 서태후의 탐욕이 최악의 결과가 되면서 무너져 가던 청나라의 심장에 말뚝이 박혀 버린 것이다.

이에 그치지 않고 대한제국은 원나라 옥새를 받아 냈다.

원나라 옥새는 몽골 초원 부족에게 상징적 의미가 있는 물건이다. 이 옥새를 확보하면서 대한제국은 몽골 통치에 관한 정통성과 명분을 얻었다.

대한제국 특사의 도움으로 몽골은 몽골 왕공회의를 통해 지도자를 선출했다. 선출된 지도자는 복드 칸으로 몽골 불교의 법왕이었다.

지도자가 선출된 몽골은 날을 정해 독립을 선포하기로 했다.

대진은 황제의 특사가 되었다.

그리고 수십 명의 대표단과 몽골의 수도인 고륜을 방문해 독립 기념식에 참석해 몽골의 독립을 최초로 인정해 주었다.

몽골은 이런 대한제국의 조치에 감격했다. 그래서 이에 대한 답례로 몽골 국왕이 100여 명의 왕공을 대동하고 직접 요양을 방문했다.

몽골 국왕은 예를 갖춰 입궁해서는 황제에게 충성을 맹세했다. 황제는 몽골 국왕을 환대하면서 그를 몽골 국왕으로 정식 책봉했다.

몽골 초원은 내몽골과 달리 청국에 항복하지 않았다. 그래서 끝까지 대항하다가 굴복했으며 늘 독립을 열망해 왔다.

황제는 몽골 국왕에게 어새를 비롯한 각종 물품을 하사했다. 그러고는 함께 온 왕공 귀족들에게도 많은 물품을 하사했다.

이뿐이 아니었다.

황제가 황실 자금으로 몽골 국왕의 별궁을 지어 주기로 했다. 이런 황제의 배려에 몽골 국왕과 초원의 왕공 귀족들은 진심으로 감복했다.

대진은 이들을 이끌고 10여 일 동안 전국의 주요 지역을 안내했다. 몽골 국왕과 왕공들은 대한제국의 발전상을 보고는 하나같이 입을 다물지 못했다.

그러다 대한제국을 직접 확인하고 경험한 몽골 국왕이 귀환하는 날이 되었다. 대진은 귀환하는 몽골 국왕 일행을 위해 특별열차를 편성해 주었다.

귀환 열차에는 대한무역을 비롯한 여러 회사가 선물한 물품이 가득했다. 그렇게 엄청난 환대를 받으며 몽골 국왕이 돌아갔다.

그들을 전송한 대진은 자신도 모르게 긴장이 풀렸다. 옆에 있던 송도영이 그런 대진의 상황을 알아봤다.

"손님을 전송하고 나니 후작님의 긴장이 풀리시나 봅니다."

"그래, 나도 모르게 맥이 풀리네."

"한동안 몇 가지 업무를 연이어 하느라 고생이 많으셨습니다."

대진이 고개를 저었다.

"맞아. 금년은 몇 가지 일이 겹쳐지면서 쉽지 않은 시간이었어. 그래서인지 모든 일을 마쳤다는 생각에 나도 모르게 몸에 힘이 빠지네."

송도영이 위로했다.

"그러실 겁니다. 연초에 있었던 프랑스와의 전쟁도 그렇고, 청국 협상도 주도하셨잖아요."

"청국과의 협상은 내가 가기 전에 기본 골격이 완성되어 있었어."

"그래도 빠르게 마무리할 수 있었던 것은 후작님의 활약 덕분이었습니다. 북경에서의 업무가 끝나자마자 몽골로 넘어가서 지금까지 몇 개월을 매달리셨으니 그야말로 업무의 연속이었지요."

대진이 의미를 부여했다.

"한 나라의 건국에 참여했다는 것 자체가 뜻깊은 일이었어. 그래서 절로 최선을 다하게 되었던 것이야. 덕분에 몽골이 우리의 보호국으로 확실하게 자리매김할 수 있게 되었잖아."

"몽골이 언젠가 완전 독립하지 않겠습니까?"

그 말에 대진이 정색했다.

"그건 모르지. 지금처럼 보호국으로 존속해서 우리 연방의 일원이 될지, 아니면 우리 보호를 떨쳐 버리고 독야청청

할지는 지켜봐야겠지. 그러나 적어도 앞으로 수십 년간은 아니야."

송도영이 대진의 마음을 읽었다.

"후작님께서는 몽골이 계속 우리 보호국으로 존속하기를 바라시는군요."

대진은 부인하지 않았다.

"나는 그랬으면 좋겠어. 몽골 초원은 수많은 자원이 매장되어 있는 자원보고잖아. 그런 몽골이 우리 영향력 아래에 있다면 국가 발전에 큰 도움이 되지 않겠어?"

송도영도 동조하기는 했다.

"그렇기는 합니다. 하지만 독립 성향이 큰 몽골 사람들의 특성이 문제가 되지 않겠습니까?"

대진이 고개를 저었다.

"몽골은 땅이 넓은 데에 반해 인구는 형편없이 적어. 이것만으로도 문제인데 강대국에 둘러싸여 있잖아. 그런 몽골이 독립을 유지하는 것은 결코 쉽지 않은 일이야."

송도영도 동의했다.

"하긴, 우리가 손을 놓으면 바로 러시아에 잡아먹히겠지요."

"그렇지. 그래서 이전 역사에서 몽골은 소련의 영향력 아래에 완전히 놓였잖아. 그래서 몽골이 키릴문자를 쓸 정도였지. 그런 몽골이 독립한 것은 소련이 무너진 이후였어."

송도영이 바로 알아들었다.

"우리나라는 소련처럼 붕괴될 일이 없으니 몽골이 완전 독립하지 않는다는 말씀입니까?"

대진이 계획을 밝혔다.

"그렇게 만들어야지. 지금의 몽골은 그저 초원일 뿐이야. 그러나 앞으로는 몽골의 자원 개발에 많은 투자가 진행될 거야. 그렇게 되면 거기에 관련된 일자리도 엄청나게 늘어나겠지."

송도영이 넘겨받았다.

"우리로 인해 먹고사는 사람이 늘어나면 지금보다 호의적이 될 것이고요."

"맞아. 우리말과 문자의 보급도 적극적으로 시행할 거야. 그렇다고 해서 몽골어가 없어지지는 않겠지. 그러나 우리 문자는 배우기가 쉬워서 급속히 자리를 잡을 수 있을 거야. 러시아의 키릴문자보다 말이야. 그렇게 꾸준히 동화정책을 시행한다면 완전 독립을 하려 하지 않을 거야."

송도영도 인정했다.

"하긴, 우리 덕분에 잘살게 된다면 구태여 떨어져 나갈 생각을 하지 않겠지요. 떨어져 나가는 순간 강대국의 압박을 받아야 할 터이니까요."

"그렇지. 그래서 고륜에 공사관을 즉각 설립한 거야. 몽골에 대한 장악력을 높이려고."

"신임 공사의 정치력이 상당해야겠습니다."

대진도 인정했다.

"그렇지. 몽골을 개발하려면 철도부터 부설해야 해. 그래서 처음부터 공사관 소속 직원을 전문가들로 충원할 계획이야."

"좋은 결과가 있었으면 좋겠습니다."

대진이 확신했다.

"분명 좋은 결과가 있을 거야."

두 사람이 대화를 하는 동안 몽골 국왕을 태운 기차는 시야에서 사라졌다.

연초부터 강행군을 이어 왔다.

대진은 몽골 국왕을 보내고는 며칠 동안 휴식을 취했다. 그렇게 지친 몸을 추스르고는 다시 현업에 복귀했다.

대진은 회사 업무부터 챙겼다.

대한무역은 개방 초기 국가무역을 주도했다. 그렇게 무역으로 얻은 수익의 상당 부분을 국가 기반 시설에 투자할 정도로 공적 기능을 수행했다.

그러면서 회사는 폭발적으로 성장했다.

그리고 대한그룹 계열사의 대외 교역을 전담하면서 회사 규모는 더 커졌다. 아울러 미래 지식과 기술이 현실에 구현되면서부터 성장 속도는 배가되었다.

그 결과 대한무역은 대한제국을 넘어 세계에서도 손꼽을

정도로 규모가 커졌다. 조직은 10여 개가 넘는 부서로 세분화되었으며 그 부서에서도 전담 업무가 다시 나뉘어 있었다.

대진이 모처럼 몇 개월 동안 회사 업무에 전력을 다했다.

물론 그런 와중에 프랑스와의 협상 결과는 철저히 챙겼다. 프랑스는 약속대로 누벨칼레도니를 연말까지 비워 주었다.

대한제국은 누벨칼레도니의 인수를 위해 태평양분 함대와 해병연대를 먼저 파견했다. 이어서 광업공사 임직원 그리고 남방에서 모집한 현장 직원 수백 명이 들어가서 니켈광산을 양도받았다.

이 일을 챙기느라 연말이 쏜살같이 지나갔다. 그리고 해가 바뀐 연초, 상해에서 비보가 날아왔다.

호광용이 사망했다는 전갈이었다.

호광용은 대한무역이 교역을 시작할 때 결정적 도움을 주었다. 대한무역은 그와 거래로 막대한 수익을 얻었으며 그것이 국가 발전의 초석이 되었다.

부고를 접한 대진이 바로 일어났다.

"상해를 다녀와야겠어."

송도영이 만류했다.

"지금 가신다고 해도 늦습니다."

"그래도 가 보고 싶어. 송 전무도 알다시피 그와의 거래가 초석이 되어 오늘의 대한제국이 되었잖아."

이 말에 송도영도 동조했다.

"맞습니다. 하지만 그도 우리의 도움으로 부도를 피하고 천수를 누렸지 않습니까? 이전보다 훨씬 더 큰 거부가 되었고요."

"그건 맞지만 그와의 홍삼 거래가 없었다면 우리는 한동안 고생했을 거야. 그래서 내 개인 자격으로라도 찾아보고 싶어."

대진의 의사가 확고하자 송도영도 더 만류하지 않았다.

"알겠습니다. 상해지점 직원과 극동은행 직원을 먼저 보내 상례를 최대한 돕게 하겠습니다."

"그렇게 하게."

대진은 서둘러 업무를 정리했다. 그러고는 역으로 가서 특급열차를 타고 부산으로 내려왔다.

부산에서는 상해를 오가는 정기여객선과 상선이 운행되고 있었다. 다행히 바로 여객선을 탄 대진은 사흘 만에 상해에 도착했다.

호광용의 자택은 본래 항주다.

그런데 호경여당과 철도, 극동은행의 본점이 상해였다. 그 때문에 호광용은 오래전부터 상해에 머무르고 있었다.

대진이 상해에 도착하니 장례 절차는 이미 끝나 있었다. 그래서 대진은 그의 묘소를 찾아 참배할 수밖에 없었다.

대진은 호광용의 묘소에 술을 바치고 향을 피워 올렸다. 중국 특유의 큰 향을 든 대진은 그동안의 후의에 감사하며 극락왕생을 빌었다.

대진의 호광용 묘소 참배는 상해에서 발행하는 몇 개 신문에 게재되었다. 그렇게 행보가 신문에 기사가 실릴 정도로 대진은 유명 인사가 되어 있었다.

대진은 상해에서 며칠 머물렀다.

대진이 머문 곳은 상해한국관에 자리한 대한호텔이다. 대한호텔은 상해에서 가장 크고 깨끗해서 많은 외국인들도 머무르고 있었다.

상해대한호텔은 황포강변에 자리하고 있다. 그런 호텔의 주변으로 극동은행을 비롯한 20여 개의 기업 건물이 들어서 있었다.

한국관의 강변에 이처럼 많은 건물이 들어서게 된 것에는 이유가 있었다.

대한제국은 처음부터 강변을 개방하면서 외국 회사를 적극 유치했다. 이 노력에 가장 먼저 동조한 기업은 윤선초상총국이다. 이 회사는 청국 최고의 윤선 기업으로 극동은행 주주였던 성선회의 주도로 회사를 이전했다.

이어서 대한제국과 가까운 러시아를 비롯한 여러 나라의 영사관과 은행이 넘어왔다. 이렇게 각국 기업과 기관이 넘어오면서 강변 방면에는 대형 건물들이 속속 들어서게 된 것이다.

대진이 모처럼 한가한 아침을 맞았다. 그래서 로비 창문을 통해 강변과 건너 와이탄(外灘) 방면을 바라보며 차를 마시고 있었다.

그런 대진에게 호텔 직원이 다가왔다.

"후작님, 본국으로부터 전보가 도착했습니다."

대진의 비서가 전보를 받아 들어 살펴본 뒤, 대진에게 넘겨주었다.

"후작님, 중동에서 온 전문입니다."

대진이 놀라 전보를 받아 들었다. 전보에는 알 사우드 가문에서 대진과 면담하고 싶다는 내용이 적혀 있었다.

대진은 의아했다.

"이 시점에서 왜 이런 전문이 온 거지?"

비서가 예상했다.

"혹시 알 사우드 가문이 거병하려는 것은 아닐까요?"

대진의 머릿속이 번쩍했다.

"그렇구나. 그 가문이 쿠웨이트로 망명한 지 10년이 넘었으니 그럴 가능성이 높겠다."

"어떻게, 직접 가 보시겠습니까?"

대진이 두말하지 않았다.

"가 봐야지. 다른 일도 아니고 중동에서 일어난 일이잖아. 더구나 중동의 판도를 바꿀 수도 있는 일이니만큼 당연히 챙겨야지."

"알겠습니다. 그러면 여기서 바로 넘어가실 것입니까?"

"배편이 있는지 알아보도록 해."

"예, 후작님."

대진은 먼저 본국에 상황을 전했다.

비서의 노력으로 배편은 이틀 만에 구할 수 있었다. 이 배는 본토에서 상해를 거쳐 중동을 오가는 정기 수송선이었다.

수송선에는 중동에서 필요로 하는 생필품이 가득 선적해 있었다. 그 바람에 속도를 내지 못해 20여 일 만에 도하에 도착했다.

그곳에서 수군 함정으로 바꿔 탄 대진은 이틀 후 쿠웨이트에 도착할 수 있었다. 그런데 대진이 도착한 쿠웨이트에는 살벌한 광경이 연출되고 있었다.

항구 전역에 병력이 깔려 있었다. 병력들은 하나같이 소총으로 무장해 있었으며 대검을 장착한 병사도 눈에 보였다.

"무슨 일이 있는 거지?"

함장이 고개를 저었다.

"저도 무슨 일인지 모르겠습니다."

"이상하네? 병사들이 이 정도로 깔렸다면 거의 전시 상태나 다름없는데 말이야."

"그러게 말입니다. 아! 저기 우리 병력이 오고 있습니다."

쿠웨이트에는 그들의 요청으로 해병대가 주둔 중에 있었다. 그 해병 병력 10여 명의 병력이 부두를 가로질러 함정으로 올라왔다.

올라온 병력 중 중위가 인사했다.

"충성! 어서 오십시오, 후작님. 그렇지 않아도 도하에서 연락을 받고 기다리고 있었습니다."

"고생이 많다. 그런데 무슨 일이 있길래 이렇게 병사들이 깔린 거야?"

"이틀 전 쿠웨이트 국경에서 대규모 군사 충돌이 있었습니다. 그 결과 알 사우드 가문 병력이 몰살당했습니다. 그리고 그날 밤 알 라시드 가문 병력이 해안으로 기습 상륙해서 알 사우드 가문을 거의 몰살시켰습니다."

대진이 깜짝 놀랐다.

"그게 무슨 소리야? 망명해 있는 토후 가문을 기습해서 몰살시키다니. 아랍에서 어떻게 그런 일이 벌어질 수 있는 거야?"

"저도 지금까지 그런 일은 없었던 것으로 알고 있었습니다만 놀랍게도 그런 일이 발생했습니다."

중위의 목소리가 낮아졌다.

"아무래도 내부 동조 세력이 있었던 것 같습니다."

"그래도 그렇지, 알 사우드 가문의 가병들의 전투력도 상당히 있었을 터인데 어떻게 몰살을 당할 수가 있어?"

"군사훈련 때문에 가병 대부분이 국경 근처로 나가 있다가 변을 당했습니다."

대진의 입에서 절로 침음이 흘렀다.

"으음! 놀라운 일이구나. 생각지도 않은 일이 일어났어. 알 사우드 가문의 생존자는 없어?"

"있기는 합니다만 대부분 고령이고 중상이어서 대화가 어

위대한 항해

려운 상황입니다."

"알 사우드 가문의 후계자는?"

"알 라시드 가문과의 결전에서 사망한 것으로 파악되었습니다."

"하아!"

대진의 입에서 절로 한숨이 나왔다.

"이게 대체 어떻게 된 일이야! 그러면 방계도 남아 있지 않은 거야?"

"지금으로선 그렇습니다."

대진은 지금까지 중동의 미래에서 알 사우드 가문을 단 한 번도 제외해 본 적이 없었다. 당연히 권토중래할 거라고 예상하고 있었고, 그래서 후계자와도 돈독한 관계를 유지하고 있었다.

그런데 생각지도 않은 일이 발생했다.

아랍에서는 패전을 해도 상대 가문을 몰살시키지는 않는다. 최악의 경우라도 방계혈족 정도는 남겨서 대를 잇게 한다.

그런데 철저하게 몰살했다고 한다.

3장

대진이 중위를 바라봤다.

　"내부에서 동조 세력이 있다는 것은 확실해?"

　"누구인지는 저는 모릅니다. 기습한 알 라시드 가문 병력이 알 라시드 가문 수장과 주요 인사들이 머물고 있는 관저와 저택을 정확히 타격했습니다. 아이들과 여인들이 머물고 있던 저택까지요. 그런 일은 내부의 도움이 없으면 결코 일어날 수 없습니다."

　"아이들과 여인들이 머무는 곳까지?"

　"그렇습니다. 알 사우드 가문은 나름대로 은인자중해 왔습니다. 그래서 후작님이 배려로 얻게 된 교역 수익을 조금도 전용하지 않고 베두인 용병을 모집하면서 군사력을 증강해 왔고요. 만일에 대비해 철저하게 분리시켜 놓았는데 그곳까지 당한 것입니다."

"귀관도 알 사우드 가문을 지지하고 있었구나."

중위가 고개를 숙였다.

"송구하지만 그랬습니다. 저 같은 하급무관도 존경심을 가질 정도로 알 사우드 가문의 수장께서는 철저하게 절치부심해 오셨습니다."

대진이 씁쓸한 표정을 지었다. 자신이 계획했던 중동 대계가 기본부터 무너져 버렸기 때문이다.

"후! 우선은 쿠웨이트의 토후부터 만나 보는 것이 좋겠다."

"그렇지 않아도 기다리고 있습니다. 제가 모시겠습니다."

대진은 부두를 가로질러 쿠웨이트 토후의 저택으로 갔다. 쿠웨이트에서는 왕궁으로 불리는 그 저택은 부두에서 멀리 떨어지지 않은 곳에 있었다.

"어서 오십시오."

쿠웨이트 토후인 무바라크 알 사바가 대진을 환대했다. 무바라크는 본래 토후가 아니었다. 오스만의 기병 장교였던 그는 1896년 쿠데타로 이복 형과 동생을 죽이고 토후가 되었다.

대진은 보고받아 상황을 알고 있었다.

대진이 아랍 방식으로 인사했다.

"처음 뵙겠습니다, 토후님. 대한제국 후작인 이 대진입니다."

"후작님에 대한 말씀은 많이 들었습니다."

"감사한 말씀이군요."

"그런데 갑자기 어인 방문이십니까?"

"본래는 알 사우드 가문의 초청으로 오게 되었는데 여기 와서 보니 상황이 이상해졌네요."

무바라크가 한숨을 내쉬었다.

"하아! 안타까운 일이 발생했습니다. 이틀 전 알 라시드 가문이 기습해 와 알 사우드 가문이 몰살을 했습니다. 그날 낮에는 알 사우드 가문의 병력이 국경 부근에서 매복하고 있던 알 라시드 병력에 전멸했고요."

"그렇다는 보고는 받았습니다."

"그 모두가 제 부덕의 소치입니다."

의외의 말에 대진이 놀랐다.

"예? 그게 무슨 말씀입니까?"

"후작님께서는 쿠웨이트의 유력 상인이었던 유수프 알 이브라힘을 아십니까?"

"그렇습니다. 압둘라 토후가 계실 때 만난 적이 있었지요."

"그러시군요. 이번의 사달은 그자로 인해 발생한 것입니다."

"아! 그래요?"

무바라크의 설명이 시작되었다.

"저는 본래 오스만의 기병 장교였지요. 이복형은 1892년 선대 토후께서 서거하면서 토후가 되었고요. 그런 이복형은 유수프 알 이브라힘과 결탁해 저를 권력에서 배제했지요."

무바라크가 이를 갈았다.

"으득! 거기서 끝났으면 그래도 참았습니다. 그런데 이브라힘은 이복형·동생과의 연이은 혼인으로 관계를 강화하고는 저를 제거하려 했지요. 그런 사실을 알게 된 저는 가병을 동원해 이복형과 동생을 사실하고 권력을 장악했고요. 그러나 아쉽게 유수프 이브라힘의 탈출을 막지 못했습니다."

"그것이 화근이 된 거로군요."

"그렇습니다. 바스라로 탈출한 이브라힘은 그때부터 끈질기게 저를 몰아내려 했지요. 그러다 바스라 총독이 말을 듣지 않자 하일로 넘어가 알 라시드 가주를 충동질해서 저와 알 사우드 가문을 한꺼번에 제거하려 획책했지요. 그런 기밀을 알게 된 알 사우드 가주가 선제공격을 하려다 안타깝게 매복에 걸려 실패한 것입니다."

대진이 냉정하게 상황을 분석했다.

"역공작에 걸렸을 가능성이 높겠군요."

무바라크도 인정했다.

"아무래도 그런 것 같습니다. 매복도 그렇고 기습공격도 그렇고요."

"토후께서는 그런 기습에도 무사하셨네요."

무바라크가 해병 중위를 바라봤다.

"모두가 이 중위 덕분입니다. 알 사우드 가문이 몰살당했다는 소문을 들은 이 중위가 병력을 보내 궁전을 호위하게 했습니다. 알 라시드 가문의 병력이 그것을 보고는 공격하지 않고 철수했고요. 그러지 않았다면 저도 이틀 전에 죽었을 것입니다."

대진이 해병 중위를 치하했다.

"탁월한 판단이었다. 귀관의 판단력이 최악의 상황을 모면하게 만들었어."

중위가 몸을 바로 했다.

"맡은 소임을 다했을 뿐입니다."

대진이 그의 어깨를 몇 번 두드렸다. 그러고는 몸을 돌려 무바라크를 바라봤다.

"앞으로 어떻게 될 것 같습니까?"

"이브라힘은 또다시 모략을 꾸밀 가능성이 높습니다. 그러니 귀국이 나서서 중재를 해 주셨으면 합니다."

"우리가 알 라시드 가문과 중재를 하라고요?"

"그렇습니다. 그리고 우리 쿠웨이트에 주둔 병력을 대폭 늘려 주십시오. 귀국이 나의 요청을 받아들인다면 우리 쿠웨이트는 귀국의 보호령(保護領)이 되겠습니다."

대진이 깜짝 놀랐다.

보호령은 보호국과 비슷하면서도 다르다.

보호국이 외교 국방 등을 상대국에 맡기지만 엄연한 독립국인 반면 보호령은 독립국이 아닌 지역을 보호해 주는 하위 개념이기 때문이다.

"본국의 보호령을 자처하겠다는 겁니까?"

"그렇습니다."

대진이 우려했다.

"쿠웨이트는 오스만의 자치령으로 바스라 총독의 통제를 받는 것으로 압니다. 그런 쿠웨이트가 어떻게 본국의 보호령이 된다는 말씀입니까?"

무바라크가 잠시 머뭇했다.

"후작님의 말씀대로 우리 쿠웨이트는 아직 오스만의 자치령입니다. 하지만 이는 명목적인 상황이고 실질적으로는 독립국이나 다름없습니다."

대진의 표정이 심각해졌다.

"으음! 쉽지 않은 일이군요."

무바라크가 바짝 몸이 달았다.

"솔직히 말씀드리면 영국의 보호령이 되려는 생각도 했습니다. 그랬다면 영국은 흔쾌히 우리의 요구를 수용했을 겁니다."

대진도 인정했다.

"그랬겠지요. 영국으로선 조금도 손해나는 일이 아니니까요."

"하지만 귀국이 오랫동안 우리를 도와준 사실이 마음에 걸렸습니다. 귀국 군대가 주둔한 이후 사막의 비적은 물론이고 어떤 외세도 침략해 온 적이 없었으니까요. 그리고 결정적으로 이번 일을 겪으면서 귀국의 도움이 절실해졌습니다."

모든 사정을 설명한 무바라크가 간청했다.

"도와주십시오. 귀국은 영국과 달리 아라비아에서 정식 영토를 보유한 나라입니다. 우리와는 국경을 맞대고 있고요. 그런 귀국이라면 우리 쿠웨이트의 미래를 맡겨도 된다고 생각합니다."

대진은 쉽게 답을 주지 못했다.

지금까지 대한제국은 오스만과 긴밀한 관계를 맺어 왔다. 막대한 무기를 제공했지만 그들의 호의가 아니었다면 중동으로 진출할 수 없었다.

이런 오스만과의 관계를 고려하면 무바라크의 제안을 받아들여서는 안 된다. 그러나 절로 굴러 들어온 보석을 걷어찰 수는 없었다.

고심하던 대진이 묘안을 냈다.

"그러면 이렇게 합시다."

무바라크가 눈을 빛냈다. 그도 대한제국과 오스만제국과의 관계를 누구보다 잘 알고 있었다.

"좋은 방안을 찾으신 겁니까?"

"앞으로 해병대대 병력을 주둔시키지요. 그리고 토후의 제안대로 쿠웨이트를 본국의 보호령으로 삼겠습니다. 그러나 이러한 결정은 당분간 비밀로 합시다. 쿠웨이트도 오스만과의 관계도 있어서 그게 좋지 않겠습니까?"

무바라크가 두말하지 않았다.

"좋습니다. 우리 쿠웨이트도 당분간은 그렇게 하는 것이 좋습니다."

갑작스러운 결정이었다.

그러나 대한제국에도 쿠웨이트에도 좋은 일이었기에 협상은 일사천리로 진행되었다. 애매했던 양측의 국경도 보호령 협상을 하면서 정확히 선을 그었다.

대진은 기꺼웠다.

본래는 동맹을 맺었던 알 사우드 가문을 적극 지원해 주려했다. 그러면 아라비아가 10년 넘게 전쟁의 소용돌이에 휘말릴 거라 예상했다.

그런데 상황이 달라졌다. 이브라힘이라는 상인으로 인해 알 사우드 가문이 종말을 맞은 것이다.

그렇다고 꼭 나쁜 것만은 아니었다. 알 사우드 가문이 없어지면서 불확실성도 제거되었기 때문이다.

아리비아의 안정은 중동도의 안정과 직결된다.

알 사우드 가문은 동맹이지만 전쟁 와중에 어떤 파편이 중동도로 튈지 모른다. 그런 불확실성의 제거는 대한제국에 더 없이 좋은 상황이었다.

협상을 하며 무바라크는 신이 났다.

"귀국의 대대 병력이 주둔하게 되면 이브라힘의 모략도 더 이상 통하지 않을 겁니다."

대진이 장담했다.

"당연히 그렇게 되겠지요. 그리고 이제부터 쿠웨이트의

국방은 우리가 책임질 겁니다. 그러니 토후께서는 국방은 걱정하지 마시고 국가 발전을 위한 교역 증대에 집중하세요. 그리고 알 사우드 가문에 넘겨주었던 교역 부분도 토후께서 챙겨 주시고요."

무바라크의 입이 귀에 걸렸다.

대진이 알 사우드 가문에 넘겨주었던 이권이 얼마나 큰지 잘 알고 있었기 때문이다.

그의 머리가 절로 숙여졌다.

"신경을 써 주셔서 감사합니다. 알 사우드 가문의 이권을 넘겨주실 줄은 몰랐습니다."

"보호령이 되었으니 당연히 토후께 신경 써야지요. 그런데 하나 부탁하고 싶은 일이 있습니다."

"말씀하십시오."

"우리의 보호를 받으면 쿠웨이트의 국부는 크게 증대될 겁니다. 그렇게 증대된 부로 무모한 일을 벌이지 않았으면 합니다."

"무모한 일이라니요?"

"재정이 풍족해지면 병력을 양성하게 될 겁니다. 그렇게 병력이 양성되면 영토를 확장할 생각을 하게 되지요."

무바라크가 급히 손을 저었다.

"그럴 일은 없을 겁니다."

"그래요?"

"솔직히 그런 생각을 한 적도 있었습니다. 그래서 지난해 초 1,000명의 병력을 이끌고 알 라시드 가문을 공격한 적이 있었습니다."

대진이 깜짝 놀랐다.

"그런 일이 있었습니까?"

"안타깝게도 대부분의 병력이 전사했습니다. 나머지는 사방으로 도주를 했고요. 그 바람에 나 혼자만 살아서 돌아왔지요."

무바라크가 질린 표정을 지었다.

"그 일 이후 나는 알라께 맹세를 했습니다. 어떠한 일이 있더라도 무모한 행동으로 나라를 위태롭게 만들지 않겠다고 말입니다."

대진이 몰랐던 상황이었다. 그럼에도 결과가 좋은 쪽으로 진행된 것에 안도했다.

"그나마 다행이군요. 그러면 이브라힘 상인이 알 라시드 가문으로 넘어간 것도 그 전투가 빌미가 되었을 수도 있겠습니다."

무바라크 토후가 씁쓸해했다.

"저도 그렇게 생각합니다. 인구가 적은 우리 쿠웨이트에서 1,000명의 병력 손실은 상당한 전력누수이니까요."

"어쨌든 무모한 일을 다시 추진하지 않겠다니 다행이군요."

대진은 즉각 중동사령부로 쿠웨이트와의 협상 내용을 전

송했다. 쿠웨이트가 보호령이 되었다는 소식에 중동사령부는 환호했다.

중동에는 그동안 본토에서 10만이 넘는 인구가 이주했다. 노동력 확보를 위해 일본인 포로와 인도에서도 노동자들을 다수 이주시켰다.

원주민 교육도 열성적으로 임했다.

교육을 위해 각지에 학교를 설립해 우리말과 글을 가르쳤다. 그뿐이 아니라 이슬람 지도자를 모셔 와 아랍어와 코란도 함께 가르쳤다.

그리고 종교 지도자들을 수시로 불러 정책 조언도 구했다. 이러한 노력은 시간이 지나면서 원주민의 마음을 열게 만들었다.

물론 아직까지 완전하지는 않았다.

그러나 아라비아 동부가 대한제국 영토라는 인식만큼은 확실히 심어 주었다.

중동의 토후들은 모병이나 용병으로 병력을 충원해 왔다. 그런 전통 때문에 원주민에게 강제성을 띤 징병은 부정적이었다.

그래서 징병제는 실시하지 않았다.

그러나 미필자는 공직 진출을 못 하고 사회활동에도 제약을 받는 것은 본토와 똑같이 했다.

처음 이 말을 들었을 때 원주민들은 그러려니 했다. 원주민들은 전통적으로 농사를 짓거나 목축 상업에 종사해 왔기 때문이다.

그러다 시간이 지나면서 상황이 변했다.

자식을 둔 부모들은 이 제약에 민감했다. 어디든 자식이 잘되기를 바라는 부모의 심정은 같다.

중동도의 도청 소재지는 알 하사로 아라비아에서 가장 물이 풍부하다. 대한제국은 알 하사 주변에 대규모 농지를 조성해 벼와 밀을 경작했다.

여기서 생산되는 농작물은 자급자족을 넘어 수출까지 할 정도였다. 대한제국은 조성된 농지를 군필자에게 유무상으로 분배했다.

대한제국은 이런 사업을 대형 오아시스가 있는 곳마다 시행했다. 그뿐이 아니라 현지에 맞는 공장을 설립해 노동자를 모집했다.

그렇게 만들어진 공장의 관리자는 군필자만 임명했다. 정부 관리는 당연하고 심지어 재래시장을 관리하는 자리까지 군필자들이 우선이었다.

이런 일이 알려지자 원주민들은 알게 되었다. 대한제국이 지배하는 세상에서 미필자가 설 자리가 없다는 사실을.

시간이 지날수록 자발적인 병력 지원자가 늘어났다. 그렇게 늘어난 입대자는 어느 덧 연대 병력을 훌쩍 넘길 정도로 많아졌다.

원주민 지원자가 많아지면서 중동사령부는 1사단, 1여단 체제로 증편되었다. 아울러 중동주둔군사령부라는 명칭도 중동사령부로 바뀌었다.

대진의 연락을 받은 중동사령부는 즉각 대대 병력 파견을 결정했다. 이 병력 중 1개 중대는 일부러 원주민들로 구성했다.

대진은 병력이 배치될 때까지 쿠웨이트에 머물기로 했다. 적잖은 병력을 배치하기 위해서는 준비할 것이 많았다.

쿠웨이트는 병영 건설을 책임졌다.

쿠웨이트는 지금까지 비적 등의 침략이 잦아 도시 외곽에 성벽을 쌓아 방어해 왔다. 이 성벽에 의지해 알 사우드 가문이 사용했던 병영이 있었다.

무바라크 토후의 지시로 이 병영을 대대적으로 손봤다. 그렇게 수리가 마무리될 즈음 해병대대 병력이 넘어왔다.

무바라크 토후는 많은 사람을 대동하고 부두로 나가 열렬히 환영했다. 대진도 이 환영 인파와 함께 부두로 나갔다.

중동 병력은 쿠웨이트 주민의 열렬한 환영을 받으며 하선했다. 그런데 그런 병력 중 의외의 인물이 대진의 눈에 띄었다.

"아니, 저 사람이 여기는 어쩐 일이야?"

무바라크 토후가 궁금해했다.

"누구 아시는 사람이 있습니까?"

"아! 예."

대진이 손으로 함대 난간을 가리켰다.

"저기 하선하는 고위무관이 중동사령관인 장태수 장군입니다."

무바라크 토후가 깜짝 놀랐다. 그도 장태수에 대해서는 누구보다 잘 알고 있었다.

"장 장군이라면 귀국 중동도의 군정장관이지 않습니까?"

"그렇습니다."

"그런 분이 여기를 어떻게……?"

대진이 좋게 해석했다.

"장 장군이 쿠웨이트의 국방을 확실하게 책임지려는가 봅니다. 그러니 저렇게 직접 토후를 만나러 왔지요."

무바라크 토후가 감복했다.

"아아! 너무도 고마운 말씀이군요. 저는 저분이 직접 올 거라고는 생각지도 못했습니다."

잠시 후.

장태수가 몇 명의 참모들과 함께 다가왔다. 그는 대진을 보고는 호탕하게 웃었다.

"하하하! 후작님, 오랜만에 뵙습니다."

대진이 앞으로 나섰다.

"장 사령관이 직접 올 줄은 몰랐어. 여기 일이 끝나면 내가 알 하사로 찾아가려고 했는데 말이야."

장태수가 대진이 내민 손을 굳게 잡았다.

"후작님이 큰일을 해 주셨는데 당연히 와 봐야지요. 그리고 쿠웨이트 토후도 직접 보고 싶었고요."

대진이 두 사람을 소개했다.

무바라크는 감격하며 장태수와 악수를 나눴다.

"귀한 분이 오실 줄은 몰랐습니다."

장태수가 웃으며 대답했다.

"큰 결심을 하신 토후를 성원하기 위해 찾아뵀습니다. 앞으로 쿠웨이트의 국방은 우리가 전적으로 책임질 터이니 이제부터 외세의 침략은 조금도 걱정하지 않아도 됩니다."

무바라크 토후로서는 가장 듣고 싶은 말이었다. 그는 진심을 다해 무슬림 인사를 했다.

"감사합니다. 모든 일은 신의 뜻대로."

장태수도 능숙하게 답례했다.

"모든 일은 신의 뜻대로."

세 사람은 자리를 옮겼다. 무바라크 토후가 궁전으로 안내해서는 두 사람을 극진하게 대접했다.

그렇게 토후의 접대를 받은 두 사람은 따로 자리를 가졌다.

대진이 먼저 입을 열었다.

"장 사령관이 지금까지 근무할 줄은 몰랐어."

장태수가 싱긋이 웃었다.

"그러게요. 한 해 한 해 연장하다 보니 어느새 10년 세월을 훌쩍 넘겼네요."

"그동안 고생이 많았어."

장태수가 고개를 저었다.

"아닙니다. 고생보다는 보람이 훨씬 많았던 시간이었습니다."

"그동안 중동도에는 변화가 많았겠지?"

"예, 그렇습니다. 말 그대로 격세지감을 느낄 정도로 변했지요. 본토에서 이주해 온 주민도 10만이 넘었으니까요."

"원주민은 얼마나 돼?"

"50만이 조금 안 됩니다."

"정말 인구가 적구나. 면적은 거의 한반도에 육박하는데 고작 50만 명이라니."

"그것도 알 하사와 담맘 주변의 인구가 많아 그 정도입니다. 내륙으로 들어가면 오아시스도 없는 지역이 태반이지요. 아라비아반도는 동부보다 서부에 인구가 훨씬 많습니다. 리야드를 비롯한 중앙 지역에도 의외로 많이 거주하고 있고요."

"통치하는 데 문제는 없나?"

장태수가 고개를 저었다.

"아직까지 없었습니다. 시아파가 많이 살고 있는 알 하사와 담맘, 카타르 등에서는 우리의 지배를 반기는 상황입니다. 그 지역들이 전부 중동도의 도시들입니다."

대진이 동조했다.

"시아파와 수니파의 종파 갈등은 하루이틀에 끝날 사안이 아니지."

"그렇습니다. 그건 그렇고 알 사우드 가문의 멸문은 참으로 의외입니다."

대진이 인상을 썼다.

"그러게 말이야. 이제까지 추진했던 정책을 근본부터 재정립해야 해서 머리가 아파."

장태수가 고개를 저었다.

"저는 오히려 잘되었다는 생각이 듭니다."

"아라비아 통일 전쟁이 없어지게 되어서?"

"그렇습니다. 전쟁은 종종 생각지도 못한 돌발변수를 만듭니다. 제가 10년 넘게 경험한 바에 따르면 이곳 중동은 언제 무슨 일이 벌어질지 알 수 없는 지역입니다. 그런 아라비아에서 20여 년 동안 벌어졌을 통일 전쟁은 우리에게 엄청난 위협이었습니다."

"그래도 알 사우드 가문은 우리와 영원한 동맹을 결의했어."

장태수가 고개를 저었다.

"유지하기 어려운 결의였습니다. 그들이 통일 전쟁을 마무리할 즈음은 우리도 본격적으로 석유를 개발할 시기입니다. 만일 우리가 유전 개발에 성공한다면 그들이 그대로 지켜보겠습니까?"

대진이 쉽게 답을 못 했다. 자신도 그때가 걱정되어 알 사우드 가문을 챙겨 왔기 때문이다.

장태수의 말이 이어졌다.

"아마도 큰 홍역을 치렀을 겁니다. 그래서 저는 지금처럼 아라비아반도가 나뉘어 있는 것이 국익에 훨씬 도움이 된다고 생각합니다."

대진도 동의했다.

"지금처럼만 아라비아에서의 세력이 유지된다면 더없이 좋은 일이기는 하지."

"그렇습니다."

"원주민들은 우리 정책에 잘 따라오나? 아까 하선하는 병력을 보니 원주민 출신들이 꽤 되는 것 같던데."

"이번에 대대 병력 중 중대 병력을 원주민 병력으로 충원했습니다."

장태수가 중동도의 사정을 설명했다.

대진이 흡족해했다.

"그 정도면 교육효과가 잘 나타나고 있다고 봐야겠구나."

"그렇습니다. 그리고 저는 이번 봄을 마지막으로 전역을 하려고 합니다."

대진이 놀라 눈을 크게 떴다.

"아니, 아직 현역 생활을 충분히 더 할 수 있는데 전역이라니? 무슨 일이 있었던 거야?"

"본국에서 연락이 왔습니다. 제가 너무 오랫동안 중동에 근무하는 것 때문에 말이 있었나 봅니다."

대진이 화를 버럭 냈다.

"그게 무슨 소리야? 처음에는 아무도 지원하지 않아서 장 사령관이 자원했잖아. 그렇게 부임해서 지금까지 헌신적으로 일해 왔는데 누가 그런 장 사령관을 시기해?"

장태수가 쓴웃음을 지었다.

"고정하십시오. 제가 오래 근무하고 있는 것은 사실이지 않습니까?"

"그렇기는 하지. 하지만 장 사령관 같은 적임자가 없어서 지금까지 유임을 해 왔던 거잖아."

"저도 잘 압니다. 그래서 저에 대한 말이 나왔다는 소식을 듣고는 고심했습니다. 귀국을 해야 하나, 아니면 몇 년 더 근무하다가 전역을 해야 하나 하고 말입니다. 그런데 마침 국방대신께서 연락을 해 오셨습니다."

"무슨 말씀을 하셨는데?"

"귀국보다 전역해서 중동도의 민정을 맡는 것은 어떠냐고 말입니다."

대진이 놀랐다.

"중동에 민정을 실시한다는 거야?"

"본래는 군정을 좀 더 실시하려고 했답니다. 그러다 제 거취가 문제가 되자 수상께서 결단을 내렸다고 하시더군요."

대진이 곤혹스러운 표정을 지었다.

"민정만을 맡게 되면 군을 제대로 통제하기 어렵잖아."

장태수가 고개를 저었다.

"아닙니다. 중동도의 특성을 감안해 도지사에게 병력 통제 권한을 준다고 했습니다."

대진의 안색이 환해졌다.

"오! 그렇게 되면 권한이 더 커진 것이잖아."

"그렇습니다. 그리고……."

장태수가 머리를 긁적였다.

"그간의 공적을 인정해 남작의 작위 서품도 폐하께 상신한다고 했습니다."

대진이 격하게 반겼다.

"이야, 그거 아주 잘되었구나. 축하해."

장태수가 고개를 숙였다.

"감사합니다."

"이런 날은 축하주를 한잔해야 하는데 말이야."

"사령부에 좋은 술이 많습니다. 그러니 술은 거기서 드시지요."

"좋아. 그렇게 하자."

그동안 추진했던 중동 계획이 크게 어그러졌다. 그러나 그것이 국익에 더 도움이 될 수 있다는 생각에 대진은 안도했다.

대진은 쿠웨이트에 며칠 더 머물다 알 하사를 거쳐 본국으로 귀환했다. 요양으로 돌아온 대진은 한동안 바쁜 시간을 보내야 했다.

달라진 아라비아 상황에 따른 대책을 논의하기 위해서였

다. 수상을 비롯한 대부분은 지금의 상황을 나쁘지 않다고 판단했다.

그 덕에 중동 정책은 의외로 쉽게 하나로 모을 수 있었다. 이런 업무를 처리하던 중 장태수가 귀국해 전역과 함께 남작의 작위를 수여받았다.

대진은 그를 위한 파티를 열어 주었다.

파티에는 수상과 내각 대신, 군의 주요 지휘관 대부분이 참석했다. 이들은 중동도지사로 새롭게 출발하는 장태수의 앞날을 진심으로 기원해 주었다.

바로 이 무렵.

일본도 폭발적인 성장을 구가하고 있었다. 청국으로부터 받은 막대한 배상금은 일본 경제 발전의 큰 버팀목이 되었다.

가장 문제가 되었던 식량은 산둥을 장악하면서 말끔히 해결되었다. 그런 기반을 바탕으로 일본은 서양과 잘못된 조약을 바로잡으려 노력했다.

그러나 서양 제국은 이러한 일본의 요구를 번번이 거절했다. 조계지 이권과 치외법권 지위를 내려놓고 싶지 않았기 때문이다.

일본은 절치부심했다.

자신들이 국력이 낮아서 서양이 일방적인 조약을 바꿔 주지 않는다고 판단했다. 그래서 이전보다 더 이를 악물고 국가 발전에 매진했다.

　　그러나 이것만으로는 서양과 어깨를 나란히 할 수는 없었다. 무언가 자국의 국력을 대외에 알릴 수 있는 돌파구가 필요했다.

　　바로 이때 의화단의 난이 터졌다.

　　일본에게는 절호의 기회나 다름없었다. 그래서 21,000명이나 되는 대규모 병력을 파견해 군사력을 한껏 자랑하려 했다.

　　그러나 이 의도는 수포가 되었다.

　　대한제국과 프랑스의 전쟁이 모든 이목을 쓸어 가 버렸다. 더구나 대한제국이 프랑스를 압도하면서 일본은 절로 위상이 추락해 버렸다.

　　그럼에도 일본은 좌절하지 않고 또다시 기회를 도모했다. 이러한 일본이 주목하게 된 곳은 러시아의 영토가 된 북해도였다.

　　북해도는 일본과 대한제국의 영토 교환으로 러시아의 차지가 되어 있었다. 갈망하던 부동항을 얻게 된 러시아는 북해도개발에 온갖 정성을 기울였다.

　　그렇게 20여 년이 흐른 북해도는 일본과는 전혀 다른 모습으로 바뀌어 있었다.

위대한
항해

4장

북해도의 중심 도시는 함관이다.

러시아는 이를 블라디보스토크로 개칭했다. 그러고는 태평양함대의 모항으로 선정하고는 막대한 예산을 투입해서 개발을 해 왔다.

본토에서 수십만 명을 이주시켰다. 그뿐이 아니라 일본과 가까운 지리적 여건을 감안해 10만의 병력을 상주시켜 왔다.

이렇게 20여 년이 흐른 북해도는 일본색이 완전히 사라져 있었다. 그래서 북해도의 어느 곳을 가더라도 러시아의 향취가 물씬 풍겼다.

이런 북해도를 영국은 늘 껄끄러웠다. 영국은 항상 러시아의 확장을 경계해 왔다.

그러기 때문에 대한제국과 러시아의 영토 교환을 적극 반대했다. 그러나 고토를 수복하겠다는 대한제국의 강력한 의지를 꺾을 수는 없었다.

어쩔 수 없이 북해도가 러시아로 넘어가는 것을 지켜봐야 했다. 그러나 영국은 북해도에 대한 경계를 항상 게을리하지 않고 있었다.

일본 총리는 가쓰라 다로다.

이토 히로부미가 산둥총독으로 부임하기 위해 총리를 내려놓았다. 그 후임을 놓고 가쓰라는 이노우에 가오루와 격돌했다.

그 결과 일왕은 온건파인 이노우에 가오루의 손을 들어 주었다. 그러나 가쓰라가 육군대신 취임을 거부하고 대장대신도 사퇴하면서 이노우에 가오루는 어쩔 수 없이 총리 취임을 포기한다.

그 자리를 야마가타 아리토모의 적극 추천으로 가쓰라 다로가 취임하였다. 이런 우여곡절 끝에 총리가 되었으나 내각 조각조차도 어려웠다.

군인이 총리가 되면 전역하는 것이 지금까지의 관례였다. 그런데 가쓰라 다로는 총리에 취임하고도 전역하지 않았다.

이런 가쓰라 다로 개인을 위해서도 돌파구가 필요했다.

가쓰라 다로가 내각회의를 소집했다.

"······지금의 우리 일본은 외화내빈의 처지입니다. 나라가 발전하면서 겉은 화려해졌지만 실속은 별로 없다는 의미지요."

누구도 반박하지 않았다.

"다행히 산둥이 본국의 식민지가 되어 최소한의 체면은 살렸습니다. 하지만 그것만으로는 부족하다는 사실을 대신들께서는 알고 계실 것입니다."

육군대신 고다마 겐타로[兒玉源太郎]가 나섰다.

"참으로 분통이 터집니다. 청국에서 발생했던 의화단의 난은 우리 일본의 군사력을 세계에 알릴 기회였습니다. 그런데 한국과 프랑스의 전쟁으로 헛힘만 쓴 꼴이 되었지 않습니까?"

가쓰라 다로가 위로했다.

"이미 2년이나 지난 일을 다시 거론해서 무엇 하겠습니까? 지금은 그때보다 우리 사정이 훨씬 더 좋아졌으니 다른 계획을 세워야 할 때라 생각합니다."

"좋은 방안이라도 찾아내신 겁니까?"

가쓰라 다로가 벽면을 바라봤다.

그가 바라보는 벽면에는 일본 전도가 그려져 있었다. 그런 일본 전도에는 북해도도 자국 영토로 표시되었다.

"우리 일본은 강탈당한 고토를 수복할 때가 되었다고 생각합니다. 그래서 저는 지금부터 북해도의 수복을 위해 총력을 기울일 것을 제안합니다."

순간 회의장이 얼어붙었다.

많은 대신들이 북해도를 주목하고 있었다. 그러나 그런 속내를 누구도 쉽게 드러내지 못했다.

그만큼 러시아의 국력은 일본이 쉽게 넘볼 정도가 아니었다. 그런데 총리가 내각회의라는 공식 석상에서 처음으로 수복이라는 말을 꺼낸 것이다.

야마모토 곤노효에[山本 權兵衛] 해군대신이 대번에 부정적인 의견을 냈다.

"저도 북해도 수복을 생각하고 있었습니다. 그러나 러시아는 쉽게 상대할 대상이 아닙니다. 러시아는 하코다테를 블라디보스토크로 명명한 이후 막대한 투자를 해 왔습니다. 그결과 우리에는 몇 척 없는 전함이 무려 5척을 비롯한 20여척의 함정을 보유한 태평양함대가 상주하고 있습니다. 이 러시아 태평양함대를 상대하는 것조차도 우리 해군으로선 부담입니다."

육군대신이 나섰다.

"지난 청일전쟁에서도 해군은 압도적인 전력 열세를 불굴의 정신으로 극복해 냈습니다. 이번에도 해군이 분전하면 분명 좋은 결과가 있을 것입니다."

육군은 늘 해군과 각을 세워왔다.

그런 육군을 대표하는 고다마 겐타로가 해군을 치켜세웠다. 본래라면 감사의 인사를 해야 하지만 야마모토 곤노효에는 거듭 난색을 보였다.

"저도 좋은 대답을 드리고 싶습니다. 그러나 해군 전함은 하루가 다르게 발전하고 있어서 압도적인 전력 차이를 뛰어넘기가 쉽지 않습니다."

가쓰라 다로가 제안했다.

"산둥의 위해위에 배치된 함정을 모두 불러들여도 힘이 들까요?"

"그래도 전력차는 많습니다. 더구나 하코다테는 본토와 가까운 위치에 있어서 공격이 실패한다면 역공이 큰 문제가 될 수 있습니다."

이 말에 모두의 입이 다물렸다. 그러다 가쓰라 다로가 조심스럽게 입을 열었다.

"역공이 문제가 되는 것은 맞습니다. 하지만 해군이 쓰가루 해협을 봉쇄하고 전력을 다한다면 해볼 만하지 않을까요?"

고심하던 야마모토가 고개를 끄덕였다.

"……예, 기습을 감행한다면 그래도 승산이 있기는 합니다."

야마모토가 처음으로 긍정적인 답변을 내놓았다. 그러나 이 대답이 실상은 부정이라는 사실을 가쓰라 다로는 모르지 않았다.

가쓰라 다로가 탁자를 쳤다.

탕!

"우리 대일본제국의 미래를 위해서 반드시 넘어야 할 산이 있습니다. 그 산이 무엇인지 모르는 분은 없을 겁니다."

모두가 이를 악물었다.

가쓰다 다로가 이를 갈았다.

"그 산은 바로, 으득! 지금은 한국으로 부르는 조선입니다. 우리 대일본제국은 치욕을 절대 잊지 않고 반드시 설욕해야 합니다. 러시아가 지금처럼 북해도를 강점하고 있는 것도 다, 으득! 조선 때문임을 여러분은 잘 아실 겁니다."

가쓰라 다로가 이를 부득부득 갈았다. 고마다 겐타로 육군대신이 가쓰라 다로의 말을 받았다.

"총리 각하의 말씀이 지당합니다. 우리는 조선에 설욕하기 위해서라도 반드시 북해도를 수복해야 합니다."

그러자 곳곳에서 찬성의 목소리가 터졌다. 처음에는 난감해하던 야마모토 해군대신도 동조하지 않을 수 없었다.

"소장도 조선에 설욕하는 것은 무조건 찬성합니다. 조금전에 말을 조심한 까닭은 그러한 심모원려가 잘못될까 우려해서입니다."

가쓰라 다로가 정리했다.

"좋습니다. 우리 모두의 마음이 하나인 것을 확인했으니 남은 일은 일로매진뿐입니다. 우선은 제가 영국부터 만나서 북해도 문제에 관해 협상하겠습니다. 그러니 여러 대신들께서는 맡은 임무에 최선을 다해 주기 바랍니다."

"예, 각하."

내각회의를 마친 가쓰라 다로는 비서를 영국공사에게 보냈다. 그리고 며칠 후 가쓰라 다로와 주일 영국공사가 모처에서 만났다.

두 사람은 오랫동안 밀담을 나눴다.

이 자리에서 가쓰라 다로는 러시아의 북해도 진출을 강력하게 성토했다. 그러고는 일본이 거국적으로 나서서 러시아를 몰아낼 터이니 영국이 도와 달라고 했다.

의외에 제안에 영국공사는 놀랐다.

영국은 일본 해군의 전력 증강에 이런저런 도움을 주고 있었다. 그런 영국의 판단에 따르면 일본은 러시아를 이길 전력이 아니었다.

영국공사는 솔직한 심정을 밝히며 만류했다. 그러나 가쓰라 다로는 내각에서 만장일치로 통과한 사안이라며 러시아 토벌을 밀어붙이려 했다.

영국공사는 고심했다.

영국은 러시아의 팽창을 경계해 왔다.

그래서 러시아가 지중해로 세력을 팽창하려 할 때 오스만을 앞세워 저지했다. 그러나 중앙아시아에서는 러시아의 남진을 막지 못하고 대부분의 지역을 내줘야 했다.

양국은 청국에서도 부딪혔다.

아편전쟁으로 영국은 홍콩을 얻고 상해를 통해 내륙으로 진출하게 되었다. 반면에 러시아는 연해주를 얻으며 부동항

건설의 토대를 마련했다.

그러던 양국은 대한제국의 중재로 딱 한 번 손잡았다. 그 결과 영국은 티베트를, 러시아는 신강을 보호국으로 만들 수 있었다.

그런 영국에 있어 북해도는 손톱 밑의 가시였다. 그렇다고 대한제국과 협상으로 교환한 영토를 문제 삼을 수는 없었다.

러시아도 영국의 견제를 잘 알고 있었다. 그래서 만일에 대비해 북해도의 주요 지역마다 요새를 만들 정도로 공을 들여 왔다.

그런 북해도를 일본이 공략하겠다고 한다. 쌍수를 들어 환영할 일이었으나 일본의 약한 전력이 문제가 되었다.

고심하던 영국공사가 입을 열었다.

"무엇을 도와주면 되겠습니까?"

가쓰라 다로는 내심 환호했다. 그러나 겉으로는 냉정한 표정을 유지하며 담담히 생각을 밝혔다.

"우리 일본에 가장 부족한 것은 전함입니다. 그러니 귀국에서 전함을 3척과 순양함 10척을 최우선적으로 지원해 주십시오. 그것만 해 주신다면 나머지는 우리가 알아서 준비하겠습니다."

영국공사가 놀랐다.

"그렇게 많은 함정을 지원해 달라고요?"

"그렇습니다. 그렇다고 무상으로 지원해 달라는 것은 아납니다."

"대금을 지급하겠다는 겁니까?"

"당장은 다른 준비 때문에 지급해 드릴 수가 없습니다. 그
러니 차관으로 제공해 주십시오."

영국공사가 고심했다.

"차라리 로스차일드 가문에 지원을 요청하시지요?"

가쓰라 다로가 고개를 저었다.

"불가합니다. 우리 일본이 파악한 바로는 프랑스의 로스
차일드 가문은 한국과 긴밀한 관계를 맺고 있습니다. 만일
우리가 그 가문과 접촉하면 차관도 공여받지 못하고 기밀만
누설됩니다."

영국공사가 고개를 끄덕였다. 그도 로스차일드 가문이 대
한제국과 여러 합작을 진행하고 있다는 사실을 잘 알고 있었
다.

"으음!"

영국공사가 다시 고심했다. 그러나 그러한 고심은 얼마 가
지 않아 끝을 맺을 수밖에 없었다.

"러시아의 팽창을 저지하기 위해서는 귀국의 제안을 받아
들일 수밖에 없겠군요."

가쓰라 다로의 안색이 환해졌다.

"요청을 들어주셔서 감사합니다."

"아직 좋아하기는 이릅니다. 본국에서 수상의 제안을 받

아들여야 하는 문제가 남아 있습니다."

가쓰라 다로가 호탕하게 웃었다.

"하하하! 우리 일본과 귀국이 러시아를 공동의 적으로 만들려는 일입니다. 그런 일에 귀국 정부가 이 정도의 배려를 해 주지 않을 까닭은 없지요."

이 말에 영국공사도 웃음으로 동조했다.

두 사람의 협상은 곧바로 영국에 보고되었다. 그리고 이틀후, 영국 외무장관이 보낸 공문이 공사관에 도착했다.

일본의 제안을 받아들인다는 내용이었다.

이 공문에 따라 영국공사와 가쓰라 다로가 다시 만나 협상한 뒤 내용을 정리해 서명했다.

양국은 협정을 체결하면서 비밀을 엄수하기로 약속했다. 그러나 이러한 밀약은 일본 정부에 심어 둔 세작에 의해 대한제국에 바로 알려졌다.

대진이 안보 회의에 참석했다. 회의에는 수상과 마군 출신 내각 대신, 그리고 군 지휘관이 참석했다.

수상이 영국과 일본의 밀약을 설명했다.

외무대신이 한상태가 나섰다.

"기어코 영일동맹이 체결되었군요."

"그렇습니다. 그런데 우리가 알던 내용과는 많은 변화가 있습니다."

대진이 상황을 정리했다.

"영일동맹에 독일이 빠졌네요. 장소도 런던이 아닌 동경이고 시기도 반년 가까이 늦었습니다."

국방대신 지광천도 거들었다.

"우리가 도래하면서 그런 변화가 발생한 것 같습니다."

대진도 동조했다.

"맞습니다. 본래의 영일동맹은 러시아의 만주 진출과 한반도 공략이 원인이었습니다. 그런데 이번에는 일본이 자청해서 러시아를 공격하겠다고 나섰네요."

장병익이 의견을 구했다.

"러시아에 사실을 알려 줘야 하나?"

국방대신 지광천이 찬성했다.

"저는 알려 주는 것이 옳다고 생각합니다. 영국의 지원을 받게 된 일본으로선 수단 방법을 가리지 않고 북해도를 공략하지 않겠습니까? 그런 상황에서 우리가 정보를 알려 주면 러시아는 만반의 준비를 할 것이고 그런 상황에서 양국이 격돌한다면 일본은 필패할 것입니다."

외무대신 한상태가 반대했다.

"저는 그대로 놔두는 것이 좋다고 생각합니다. 양국의 전쟁에서 일본이 패전하면 러시아는 일본 본토까지 내려오려 할 것입니다. 그렇게 되면 우리의 국익에 하등 도움이 되지 않습니다."

그러자 수상이 질문했다.

"러시아가 패전하면 일본은 분명 북해도를 수복하면서 기고만장해질 거요. 그렇게 되면 총부리를 우리에게 돌릴 가능성이 높지 않겠소?"

한상태가 답변했다.

"그렇다고 해도 러시아가 열도를 장악하는 것보다는 좋다고 생각합니다. 그리고 우리 제국의 군사력이라면 일본이 어떤 도발을 하든 충분히 막아 낼 수 있다고 확신합니다."

지광천도 이 부분은 동조했다.

"당연하지요. 일본이 아무리 강력한 무장을 갖춘다고 해도 우리는 무조건 승리합니다."

장병익이 피식 웃었다.

"그래도 자만은 금물이네."

"송구합니다. 그러나 자만이 아니라 있는 현실을 말씀드리는 겁니다."

장병익이 거듭해서 주의를 주었다.

"나도 잘 알고 있어요. 우리 대한제국의 군사력이라면 자부심을 가져도 되지요. 하지만 거대한 방죽도 작은 틈새로 인해 무너진다는 사실을 잊으면 안 됩니다."

"명심하겠습니다."

이때부터 러시아에 알리는 게 좋을지, 그대로 두는 것이 좋을지를 두고 의견이 분분해졌다. 하지만 곧 그대로 두고 보자는 쪽으로 결론이 내려졌다.

장병익이 지시했다.

"일본이 도발한다고 해도 영국의 도움이 있어야 합니다. 그러려면 1년 이상의 시간이 필요하겠지요. 그 기간 동안 우리는 일본의 동향을 면밀히 지켜볼 필요가 있습니다. 아울러 우리 군의 경비태세도 한층 배가시켜야 할 것이고요."

"명심하겠습니다."

대한제국은 이후 긴밀히 움직였다.

가동할 수 있는 정보망을 총동원해 일본과 영국의 동향을 살폈다. 그러던 중 일본에서 일단의 병력이 영국으로 건너가는 것이 포착되었다.

그렇게 영국으로 넘어간 일본 해군은 전함과 순양함을 꾸준히 들여왔다. 일본은 러시아의 시선을 의식해 극도로 신중하게 움직였다.

일본은 이전부터 영국으로부터 함정을 지속적으로 도입해 왔다. 그 때문에 러시아의 눈에 뜨인다고 해도 의례적인 일로 생각했다.

그러나 대한제국은 달랐다.

대한제국은 일본의 동향을 철저하게 감시했다. 이러한 감시에는 레이더와 무선통신이 결정적 역할을 하고 있었다.

그동안 레이더와 무선 기술은 비약적으로 발전하고 있었

다. 니콜라 테슬라와 최고의 연구진, 여기에 미래 기술이 결합한 상승효과 덕분이다.

대한제국은 본토 일대와 제주도, 대만과 유구도 등의 주요 거점에 레이더기지를 건설했다. 덕분에 일본의 움직임이 고스란히 포착할 수 있었다.

일본은 육군도 전력이 급상승했다.

일본 육군이 지금까지 사용하고 있던 소총은 무라타 소총이다. 볼트액션의 방식의 이 소총은 탄창이 없는 단발식이다.

일본은 이 소총으로 청일전쟁을 치러서 승리했다. 그러나 동시에 청국과의 전투에서 단발인 무라타의 화력이 부족함을 절감했다.

이후 다년간의 연구 끝에 일본은 5연발 소총을 개발했다. 이 소총은 명치 30년(1897년)에 만들어졌다고 해서 30식 소총으로 이름 지어졌다.

일본은 러시아와의 전쟁에 대비해 30식 소총 보급에 전력을 기울였다. 그 결과 1903년에는 야전군에 전부 배치할 수 있었다.

일본의 이러한 움직임을 러시아가 파악한 것은 1903년 후반이었다. 러시아도 이전부터 일본의 동향을 파악해 오고 있었다.

그럼에도 1년이 넘도록 일본의 군사력 증강을 눈치채지

못하였다. 그만큼 일본이 은밀하고 치밀하게 전쟁 준비를 해왔다는 의미다.

러시아의 반응이 예상 밖이었다.

러시아는 일본이 직접적인 공격은 하지 못할 거라고 판단하고 있었다. 그만큼 자신들이 보유한 군사력에 대한 자부심이 대단했기 때문이다.

그래도 일본의 전력 증강에 대비해 비해 육군 병력 10만을 북해도에 추가 배치했다.

아울러 아무르강 하구 니콜라예프스키에 수많은 군수물자를 선적해 놓았다. 니콜라예프스키는 대한제국과의 영토 교환 이후 전략적으로 육성한 군사 항구다.

그런 항구에는 북해도를 지원하기 위해 10여 척의 함정이 배치되어 있다. 항구는 아무르강의 하구에 있어서 바다와 강을 동시에 이용이 가능하다.

그러나 겨울에는 강이 얼어 항구를 사용 못 하는 단점이 있었다. 더구나 4월 하순까지도 유빙 때문에 제대로 이용하지 못한다.

그럼에도 중점으로 육성한 까닭은 시베리아종단철도의 종착점이어서 본토에서 북해도를 잇는 가장 중요한 항구이기 때문이다.

아무르하구는 사할린 북부와 접해 있다.

그래서 아무르로 들어가기 위해서는 사할린을 돌아들어

가야 했다. 시베리아와 사할린이 접한 해협은 폭이 20킬로미터가 되지 않는다.

그런 해협의 사할린은 절벽으로 대한제국의 해안경비초소가 자리하고 있다. 이 해안 초소는 지대가 높아서 육안으로도 아무르강을 드나드는 선박을 파악할 수 있었다.

사할린은 일 년의 절반은 겨울이다.

겨울에는 바다도 얼어서 배의 입출항이 불가능하다. 그래서 사할린 경비초소는 강이 어는 12월부터 4월까지는 경비를 서지 않는다.

1904년 4월 중순.

겨우내 비워져 있던 경비초소에 트럭 3대가 들어왔다. 트럭에는 3개월 동안 초소를 지킬 분대 병력과 각종 부식과 연료가 실려 있었다.

먼저 하차한 분대장이 지시했다.

"서둘러 보급품을 하역하라. 그리고 통신병은 휘발유를 가져가 발전기부터 돌려서 본부와의 교신부터 하라."

"예, 알겠습니다."

병사들은 일사불란하게 움직였다.

그중 통신병이 가장 바빴다.

통신병은 부사수 2명과 함께 동파 방지를 위해 연료통을 깨끗이 비워 둔 발전기에 기름을 먼저 채웠다. 그런 뒤 기관을 점검하고서 시동을 걸었다.

푸득! 푸득!

겨우내 멈춰 있던 터라 처음에는 시동이 잘 걸리지 않았다. 통신병이 고생하는 모습을 본 분대장이 나섰다.

"이리 줘 봐. 내가 해 볼게."

분대장이 발전기를 넘겨받고는 이리저리 기계를 조작했다. 그리고 초크 레버를 적절히 조절한 뒤 힘차게 시동을 걸었다.

처음에는 공회전만 하던 발전기가 이내 경쾌한 엔진 소리를 내며 돌아갔다.

통신병이 감탄했다.

"이야, 역시 군대는 짬이 최고입니다."

분대장이 면박을 주었다.

"너도 내일모레면 병장인데 이 정도는 눈감고도 해야지."

통신병이 머리를 긁적였다.

"겨우내 얼어 있어서 말입니다. 그래서 예열이 필요했지 말입니다."

"알았어. 어서 전원을 연결하고 무전 상태부터 점검해."

"예, 알겠습니다."

통신병이 능숙하게 통신기를 만졌다. 그러자 죽어 있던 기계가 하나둘 불이 들어오며 살아나기 시작했다.

그리고 얼마 후.

"분대장님, 본부 중대와 교신에 성공했습니다."

"무전기 이리 줘 봐."

분대장이 무전기를 넘겨받았다.

"통신보안, 여기는 전방 1초소. 초소장 중사 김유식입니다."

−여기는 본부 중대. 병장 나동현입니다. 문제는 없습니까?

"무사히 잘 도착했고, 병력도 문제없다."

−고생하십시오. 혹시 교신에 문제가 있을 수 있으니 앞으로 3시간 동안 30분 간격으로 교신하겠습니다.

"그렇게 해."

교신을 마친 김유식이 무전기를 건넸다.

그러고는 숙소를 비롯해 초소 전체를 점검했다. 이어서 이상이 없는 것을 본부 중대에 보고하고는 경계근무가 시작되었다.

4월이 지나고 5월이 되었다.

5월은 동토의 땅에도 새싹이 돋고 꽃이 핀다. 그래서 사할린의 끝도 서서히 푸르러진다.

그러던 어느 날.

일단의 함대가 레이더에 잡혔다.

통신병이 소리쳤다.

"분대장님, 레이더 모니터를 보십시오."

육안으로 해협을 살피던 김유식이 급히 모니터로 다가갔다. 통신병이 모니터를 손으로 짚었다.

"여기 이곳을 보십시오. 성명불상의 대규모 함대입니다."

모니터를 주시하던 김유식이 지시했다.

"본부 중대로 급히 보고하라! 성명불상, 아니 일본 함대로 보이는 대규모 함대가 나타났다고 말이야."

통신병이 주춤했다.

"분대장님, 러시아 함대일 수도 있지 않겠습니까?"

김유식이 고개를 저었다.

"아니야. 지금 시점에서 러시아가 저 정도 규모의 함대를 이곳으로 보낼 리가 없어. 그러니 바로 교신해서 보고해."

"예, 알겠습니다."

제1초소의 보고는 본부 중대를 거쳐 사할린항공대로 보고되었다.

대한제국은 10여 년 전부터 공군 창설을 준비해 왔다. 그러다 세계일주 비행 성공을 기점으로 공군을 정식으로 창설하였다.

복엽기는 구조가 간단해 생산이 크게 어렵지 않다. 그 결과 지금까지 수백 대가 생산되면서 공군은 비약적으로 발전할 수 있었다.

대한제국은 본토를 비롯해 대만, 유구와 사할린에도 항공대를 배치했다. 사할린에 배치된 공격기는 3개 편대 12대다.

배치된 숫자가 작았으나 사할린 일대를 정찰하는 데에는 이 정도만 해도 충분했다. 사할린비행장은 사할린 섬의 중부에 자리하고 있다.

제1초소의 보고를 받은 사할린항공대가 정찰기를 이륙시켰다. 그렇게 날아오른 정찰기는 전속으로 북상했다.

김유식의 예상대로 레이더 모니터에 잡힌 함대는 일본 함대였다. 이 함대는 일본 연합함대로 도고 헤이하치로 제독이 사령장관이다.

일본은 북해도를 공략하기 전에 배후 기지인 니콜라예프스키를 먼저 공략하려 했다. 그래서 도고 헤이하치로 제독이 직접 연합함대를 이끌고 공략에 나선 것이다.

연합함대의 기함은 미카사[三笠]다.

이 기함은 영국 비커스(Vickers)사에서 건조되었으며 배수량은 15,140톤급 전함이다. 일본 연합함대에는 미카사와 동급의 전함이 3척이나 더 있다.

3척의 전함은 시키시마(敷島) 아사히[朝日] 하쓰세[初瀬]이며 전부가 영국에서 건조되었다.

도고 헤이하치로가 승선해 있는 기함 미카사는 소속 함정의 호위를 받으며 아무르강의 하구로 접어들었다.

아무르강의 하구는 넓은 곳은 10킬로미터나 된다. 그런 하구에서 20여 킬로미터 들어간 곳에 목적지인 니콜라예프스키가 있었다.

도고의 부관이 망원경을 건넸다.

"사령장관 각하, 목표 지점이 얼마 남지 않았습니다."

도고 헤이하치로가 망원경으로 전방을 살폈다. 그런 그의 망원경에는 아직 러시아 함정이나 니콜라예프스키가 보이지 않았다.

"얼마나 남았지?"

"대략 20킬로미터입니다."

"좋아! 그러면 지금부터 공격 대형으로 함대를 재편한다."

그의 지시에 맞춰 연합함대가 둘로 나뉘었다. 그러면서 일본 함정은 일자 진형으로 재편되었다.

도고 헤이하치로가 확인했다.

"수심은 충분한 거지?"

"물론입니다. 저희들이 파악한 바로는 우리 전함 정도는 충분히 드나들 수 있는 깊이입니다."

고개를 끄덕이던 도고 헤이하치로는 문득 고개를 들었다. 그런 도고 헤이하치로의 시야에 하늘 높이 날고 있는 물체가 들어왔다.

도고가 이마를 찌푸렸다.

"저게 뭐지? 새도 아닌 것이 어떻게 저렇게 날아다니는 거야?"

부관이 하늘을 올려다보다가 놀랐다.

"혹시 한국의 정찰기가 아닐까요?"

"아! 그렇겠구나."

도고는 대한제국이 자신들을 주시하고 있다는 사실에 불쾌감이 치솟았다. 그러나 지금 당장 대처할 방법이 없었기에 한동안 노려만 봤다.

"우리는 우리의 일만 하면 된다. 그러니 이번 전투에 모든 전력을 집중하라."

"예, 알겠습니다."

니콜라예프스키도 발칵 뒤집혀져 있었다. 생각지도 않은 대규모 함대가 다가오고 있었기 때문이다.

그리고 얼마 후.

쾅! 쾅! 쾅! 쾅!

연합함대의 함포가 일제히 불을 뿜었다. 그렇게 쏘아진 포탄은 니콜라예프스키 항구와 러시아 함대에 쏟아져 내렸다.

러일전쟁의 시작이었다.

5장

　대진은 사할린에서 보내온 급전을 받고는 어전회의에 참석했다.

　일본과 러시아의 전쟁은 동아시아에서 지각변동이 일어나는 대사건이다. 그런 전쟁이 시작되었다는 보고에 대한제국은 어전회의를 개최했다.

　황제가 참석하는 어전회의에는 주무대신과 최고 지휘관 전부 참석한다.

　수상이 먼저 상황을 보고했다.

　보고를 받은 황제가 질문했다.

　"일본이 선전포고도 없이 기습을 감행한 거로군요."

　"그렇습니다. 아마도 이번 첫 전투가 끝날 즈음에 선전포고를 할 가능성이 높습니다."

황제가 어이없어했다.

"쯧쯧! 그런 선전포고가 무슨 소용이 있다고."

대진이 부언했다.

"늦었지만 자신들은 그래도 국제 규칙을 지킨다는 명분을 얻으려는 행동입니다."

"그게 국제사회에서 받아들여질까요?"

"외교는 힘의 논리가 지배하는 현장입니다. 그런 장에서 일본이 러시아와의 전쟁에서 승리한다면 명분은 충분히 얻을 수 있습니다."

황제가 너털웃음을 터트렸다.

"허허허! 눈감고 아웅이라더니. 외교무대에서 그런 꼼수가 통한다니 어처구니가 없군요."

외무대신 한상태가 거들었다.

"놀랍지만 외교는 마치 아이들의 싸움터와 비슷합니다. 아이들은 힘이 세고 집안이 좋으면 그것을 무기로 나약한 아이들을 괴롭히지요. 그러한 상황이 너무도 흔하게 발생하는 곳이 외교무대입니다."

"힘이 없으면 아무것도 못 한다는 말이군요."

"솔직히 그렇습니다."

대진이 간단히 정리했다.

"일본은 우리와의 전쟁에서 패전하면서 나락으로 떨어졌

었습니다. 그러다 절치부심해서 청일전쟁과 의화단의 난에 참전하면서 기사회생했고요. 그렇기에 누구보다 외교에서의 힘의 논리를 잘 알고 있습니다."

황제가 공감을 표시했다.

"일본처럼 최악을 경험한 나라가 주변에 없기는 하지요. 국방대신."

지광천이 몸을 숙였다.

"예, 폐하!"

"어느 나라가 승리할 것 같습니까?"

"이번 전투는 일본이 압승할 겁니다."

"압승이라고 자신하는 까닭이 있겠지요?"

"일본이 공략하는 항구가 하항(河港)입니다. 아무르강의 강폭이 넓고 수심이 깊다고 해도 전투가 벌어지면 방어하는 러시아 전함이 운신할 수 있는 폭이 대폭 줄어들 수밖에 없습니다. 그런 상황에서 일본 연합함대가 집중 공격을 하면 전략을 펼치기 어렵습니다."

"러시아 함대가 내륙으로 대피했다가 반격하면 되지 않나요?"

"그도 쉽지 않은 상황입니다. 아무르강에는 아직도 유빙이 떠다니고 있습니다. 그리고 강으로 무한정 대피할 수도 없고요."

"독 안에 든 쥐가 된다는 거로군요."

"예, 폐하. 그래서 러시아도 사력을 다해 반격할 것입니다. 그렇게 되면 일본 연합함대도 상당한 피해를 입게 될 것이고요."

"양패구상이 될 수도 있다는 말이군요."

장병익이 거들었다.

"그리만 된다면 최선이라 할 수 있습니다."

"국방대신, 대응책은 준비되어 있나요?"

지광천이 군의 계획을 설명했다.

설명을 들은 황제가 흡족해했다.

"준비가 철저하게 잘되었군요. 고생했습니다."

"황감하옵니다."

황제가 모두를 둘러봤다.

"어느 나라가 승리를 하든 본국의 행보에 흔들림이 없어야 할 것입니다. 그리고 일본이 승리하면 자칫 삿된 생각을 품을 수 있으니 그에 대한 대비를 철저히 해 주시기 바랍니다."

"명심하겠습니다."

회의를 마치자 몇 사람이 대진의 집무실에서 따로 모였다.

장병익이 우려했다.

"이번 전투는 이전 시대에서는 없던 일인데 변수는 없겠지? 본래 러일전쟁의 서전은 요동반도에 있는 여순(旅順)전투였는데 말이야."

지광천이 장담했다.

"그때보다 러시아의 상황이 더 안 좋습니다. 더구나 일본이 작정하고 연합함대를 전부 이끌고 올라갔으니 변수는 없을 겁니다."

대화를 듣던 대진은 돌연 궁금해했다.

"여순이라는 말을 들으니 갑자기 여순형무소에서 옥사했던 안중근 의사가 생각나네요. 어떻게, 그분은 근무를 잘하고 있습니까?"

안중근은 육군무관학교를 수석으로 졸업했다. 그러고는 자청해서 청국 국경을 전담하고 있는 1군의 최일선 사단에 배치되어 있었다.

"물론이지. 지난 의화단의 난에도 큰 공을 세워서 특진했잖아. 지금은 동기 중에서 가장 빠르게 대위로 승진해 중대장으로 열심히 복무하고 있지. 그런데 이 후작은 안 대위에게 꼭 그분이라는 경칭을 쓰네. 우리 마군은 아무리 이전에 애국지사였다 해도 경칭을 쓰지 말기로 했잖아."

대진이 쑥스러워했다.

"그래야 하는데 안 대위에게만큼은 저도 모르게 경칭이 써지네요."

외무대신 한상태가 동조했다.

"저도 그렇습니다. 안창호나 김구와 같은 분은 마음속으로는 존경을 하지만 평범하게 대할 수 있습니다. 하지만 안중근 대위만큼은 이상하게 그렇게 되지 않아요."

대진이 동조했다.

"맞는 말씀입니다."

지광천이 정리했다.

"거사 이후 모진 고문을 당하면서도 당당함을 잃지 않고 순국해서 그럴 거야. 더구나 일제의 원흉인 이토 히로부미를 사살한 공적도 있잖아."

장병익이 확인했다.

"안창호와 김구, 두 사람은 지금 무엇을 하고 있지?"

대진이 바로 대답했다.

"안창호는 대학을 졸업해서 사회활동을 하면서 사회사업가로 성장하고 있습니다. 김구는 아직 김창수(金昌洙)에서 개명을 하지 않은 상태이고 천도교 교역자로 활동하고 있는 것이 특이합니다."

"흐흠! 아직 알에서 깨어나기 전이라고 할 수 있겠네. 그러면 이승만은?"

"미국에 유학을 갔습니다."

장병익이 놀라워했다.

"아니, 미국 유학은 왜? 우리나라 대학이 미국보다 훨씬 교육수준이 높아서 유럽에서도 많은 유학생들이 넘어오고 있는데."

"배제대학교를 졸업하고 학장인 아펜젤러의 추천으로 미국 유학을 갔습니다. 그래서 하버드대학교에서 석사 공부 중에 있습니다."

배제학원은 감리교 선교사인 미국인 아펜젤러가 세웠다.

본래는 중고등학교였으나 대한무역의 적극적인 후원으로 대학교까지 설립해 운영하고 있다.

한상태가 거들었다.

"배제대학과 장로회 선교사인 언더우드가 세운 연희대학 출신들이 미국 유학을 많이 갑니다."

장병익이 아쉬워했다.

"미국 유학이 꼭 좋은 것은 아닌데."

대진이 고개를 저었다.

"크게 걱정하지 않으셔도 됩니다. 이전 시대였다면 미국의 선진문화에 놀라 친미파가 되었겠지요. 그러나 지금의 우리 대한제국은 미국을 불원간 따라잡을 정도로 발전하고 있습니다. 더구나 치안에서는 걸핏하면 총을 쏴 대는 미국과는 상대가 되지 않을 정도로 안정적이고요."

"그건 그렇지."

장병익이 주의를 주었다.

"이번 러일전쟁은 전쟁 이후가 더 중요합니다. 그러니 앞으로 몇 년 동안은 긴장의 끈을 놓지 않아 주었으면 좋겠어요."

지광천이 다짐했다.

"우리 군이 여러분의 걱정을 끼쳐 드리지 않도록 최선의 노력을 다하겠습니다."

이 말에 모두가 고개를 끄덕였다.

니콜라예프스키 전투는 이틀간 벌어졌다.

대한제국의 예상대로 일본의 니콜라예프스키 공격은 큰 성공을 거뒀다. 정박해 있던 전함 중 2척을 침몰시켰으며 절반 이상의 순양함을 무력화했다.

일본의 피해도 만만치 않았다.

전함 하쓰세가 기뢰와 충돌해 침몰했다. 아울러 기함 미카사도 반파되었으며 순양함 3척도 침몰하는 큰 피해를 입었다.

그러나 니콜라예프스키 항구를 초토화하면서 엄청난 군수물자를 불태웠다. 그 바람에 러시아는 북해도 방어를 함에 있어서 난관에 봉착했다.

니콜라예프스키를 초토화한 연합함대가 해군공창이 있는 요코스카로 귀환했다. 그리고 반파된 기함 미카사를 비롯한 각종 함정을 수리했다.

니콜라예프스키 전투의 승패는 바로 세상에 알려지지 않았다. 전투를 벌인 러일 양측이 각각의 이해관계 때문에 입을 다물었기 때문이다.

전투가 벌어진 곳이 시베리아여서 패전을 드러내지 않으려는 러시아가 소문을 막았다. 여기에 승리를 한 일본도 선전포고를 하지 않고 기습했기 때문에 침묵했다.

발등에 불이 떨어진 러시아는 급해졌다. 니콜라예프스키 전투가 끝나고 이틀 만에 러시아공사 알렉산드르 파블로프가 대진을 찾았다.

알렉산드르 파블로프는 오랫동안 주한공사로 근무했던 베베르의 후임이다.

대진은 그가 찾아온 이유를 어렵지 않게 짐작할 수 있었다. 그러나 모른 척 놀란 표정을 지었다.

"파블로프 공사께서 어쩐 일이십니까?"

파블로프 공사가 머뭇거리다가 한숨을 내쉬었다.

"후우! 귀국의 도움을 받을 일이 생겼습니다. 그것도 극비로요."

대진이 일부러 고개를 갸웃했다.

"극비로 도와주어야 할 일이라고요?"

"그렇습니다."

파블로프가 숨기지 않았다.

"며칠 전, 아무르강의 하구에 있는 본국의 전략적 군사기지인 니콜라예프스키가 일본군의 기습을 받았습니다."

대진이 놀란 척했다.

"아니, 며칠 전이라니요? 일본이 귀국에 선전포고를 한 것은 이틀 전이 아닙니까?"

파블로프가 이를 부득 갈았다.

"으득! 간악한 일본이 선전포고도 하지 않고 기습해 왔습니다. 그 바람에 항구에 정박해 있던 본국의 태평양함대의 절반 이상이 침몰 또는 대파 되었습니다. 그뿐이 아니라 항만시설도 대파되어 한동안 제 구실을 못 하게 되었습니다."

"저런 큰일이군요. 그러면 인명피해도 상당하게 발생했겠습니다."

"그렇습니다. 그런데 우리 입장에서는 인명피해가 문제가 아닙니다. 니콜라예프스키가 파괴되면서 북해도 방어에 결정적인 문제가 발생했습니다."

대진도 당연히 짐작하고 있었다.

"그렇겠군요. 5월이면 북해도로 대대적인 군수물자를 보급할 시기인데 일본이 딱 그 시기를 노려서 공격을 해 왔군요."

파블로프가 주먹을 움켜쥐었다.

"그렇습니다. 그 바람에 겨우내 항구와 창고에 쌓아 놓은 군수물자가 모조리 날아가 버렸습니다."

"쯧! 문제이네요."

"그래서 부탁을 드리려고 합니다."

"말씀해 보십시오. 도와드릴 수 있는 일이라면 적극 검토해 보겠습니다."

파블로프가 말했다.

"귀국의 블라디보스토크…… 아! 지금은 동명항이군요. 귀국의 동명에서 북해도로 우리 군수물자를 수송해 주십시오."

대진이 대번에 난색을 보였다.

"양국이 전쟁을 벌어진 상황입니다. 그런 상황에서 본국의 상선이 어떻게 군수물자를 수송할 수 있단 말입니까? 더구나 북해도의 블라디보스토크는 일본 본토와는 지척이지 않습니까?"

파블로프 공사가 가져온 지도를 펼쳤다. 지도는 북해도의 군사지도로 러시아의 군사 요새가 일목요연하게 나타나 있었다.

대진이 깜짝 놀랐다.

"아니, 이건 군사지도가 아닙니까?"

"예, 당장이 급한 상황이어서 군사지도를 가져올 수밖에 없었습니다."

"으음! 그렇군요."

파블로프가 손으로 짚었다.

"우리는 이전부터 일본과의 전쟁에 대비해 이 지역에다 비밀리에 군항을 만들어 놓았습니다."

파블로프가 짚은 지역은 삿포로와 접한 해안이었다. 그곳은 북해도가 자국 영토일 때 대진도 살펴봤던 지역이었다.

"거기는 항구가 있는 곳 아닙니까?"

"작은 포구가 있었지요. 그런 곳을 본국이 북해도로 진출한 이후 지도에서 철저하게 지워 버렸지요. 그래서 일본도 이곳에 대규모 선박이 정박할 수 있다는 사실을 모릅니다."

"그래요?"

"그리고 이 일대 해안에는 해안포대가 잘 배치되어 있습니다. 그래서 만의 외곽을 우리 함대가 지키고 있으면 귀국의 화물선이 드나드는 사실을 일본이 알 수는 없습니다."

대진이 고개를 갸웃했다.

그가 부정적인 의견을 냈다.

"일본은 오래전부터 밀정을 북해도에 파견했을 겁니다. 그래서 그 정도의 변화는 일본도 알고 있을 터인데요."

파블로프가 펄쩍 뛰었다.

"절대 그렇지 않습니다! 이 항구는 지형적인 영향으로 내륙에서는 보이지 않습니다. 그리고 요소마다 경계초소를 설치해 두어서 누구도 침입할 수가 없습니다."

파블로프의 강력한 주장에 대진이 고개를 끄덕이지 않을 수 없었다.

"그렇다면 믿어야지요."

"감사합니다. 귀국의 동명에서 이곳까지는 이틀 정도의 거리입니다. 그래서 수송선이 몇 번만 왕복해도 많은 물자를 보낼 수 있습니다. 병력도 마찬가지고요."

대진이 핵심을 짚었다.

"물자보다 병력을 보내고 싶은 거로군요."

"솔직히 그렇습니다. 본국은 이르쿠츠크에 10만 병력을 준비해 놓고 있습니다. 만일 귀국이 동의만 해 주신다면 대륙횡단철도를 이용해 동명까지 바로 보낼 수 있습니다."

"으음!"

"그리고 군수물자도 지원을 해 주십시오. 이러한 병력 수송을 비롯해 본국을 지원한 모든 비용은 금으로 지급하겠습니다."

"금으로요?"

"예, 본국 차르의 특명입니다."

대진은 고심했다.

대한제국은 러일전쟁에서 양국이 양패구상 하기를 바라고 있었다. 그래서 파블로프의 제안은 국익에 나쁘지 않았다.

그러나 가장 우려스러운 부분이 있었다.

"우리가 지원을 했다는 사실이 당장은 아니더라도 언젠가는 드러나게 되어 있습니다. 만일 일본이 그런 사실을 알게 되면 우리와의 관계는 최악이 됩니다."

파블로프 공사가 맹세했다.

"만일 한일 양국이 전쟁을 벌인다면 우리 러시아는 국력을 다해 도움을 드리겠습니다. 이는 본국의 차르께서 귀국의 황제 폐하께서 정식으로 요청하는 군사동맹입니다."

대진이 고개를 저었다.

"말씀은 고맙지만 지금 시점에서 군사동맹을 체결할 수는 없습니다."

"그만큼 우리 러시아의 사정이 절박합니다. 도와주십시오, 후작님."

파블로프가 고개를 숙였다. 자존심 강한 그가 체면이 손상되는 것도 감수하고 고개를 숙였으나 대진은 즉답하지 않았다.

"후작님."

대진이 손을 들었다.

"이 문제는 당장 결정할 수 없습니다. 우리에게도 논의를 할 시간이 필요합니다."

파블로프가 정중히 고개를 숙였다. 그로서는 대진이 거절하지 않은 것만 해도 감지덕지였다.

"부디 현명한 결정을 내려 주시기 바랍니다."

대진은 이 문제를 곧바로 내각회의에 올렸다. 놀랍게도 내각회의는 만장일치로 러시아를 지원하기로 결의했다.

대진은 파블로프 공사를 불러 내각회의 결과를 통보했다. 파블로프는 기쁨을 숨기지 못하면서 몇 번이고 감사를 표시했다.

그 자리에서 밀약이 체결되었다.

대진은 러시아의 어려움을 이용해 많은 수익을 챙기려 하지 않았다. 그러나 사정이 워낙 긴박한 러시아는 대진이 요구하지 않아도 파격적인 비용을 지급하기로 약속했다.

이날 이르쿠츠크에서 수십 량의 객차를 단 경유기관차가 출발했다. 이 열차의 객차에는 수백여 명의 러시아 병사가 탑승해 있었다.

이르쿠츠크를 출발한 열차는 러시아 단독 노선을 따라 이동했다. 그리고 지금은 북영으로 이름이 바뀐 하바롭스크의 다리를 건너 동명까지 불과 3일 만에 주파했다.

동명에 도착한 러시아 병사들은 대기하고 있던 대한제국

수송선에 실려 북해도로 넘어갔다.

파블로프 공사의 장담대로 그가 지목한 항구는 일본의 감시망에 벗어나 있었다. 덕분에 두 달도 되지 않아 10만 명을 수송할 수 있었다.

병력만 이송한 것이 아니었다.

대한제국은 국적이 표시 나지 않는 수많은 군수물자를 보급해 주었다. 그 바람에 러시아는 전쟁이 발발하고 불과 몇 개월 만에 10만 병력을 더 충원하면서 북해도 전체를 요새로 만들 수 있었다.

이런 지원은 8월에 접어들면서 끝내야 했다. 몇 개월 동안 함대를 정비하던 일본 연합함대가 또다시 출정했기 때문이다.

연합함대는 처음부터 둘로 나눴다.

먼저 제1, 제2 전대가 출정해 일본 본토를 돌았다. 그리고는 제1, 2전대가 동해를 돌아오는 시점에 맞춰 본대가 요코스카를 출항했다.

그렇게 일본 본토를 좌우로 북상한 연합함대는 정해진 시간에 맞춰 쓰가루해협으로 진입했다.

땡! 땡! 땡! 땡!

러일전쟁이 발발한 이후.

러시아 태평양함대의 모항인 북해도의 블라디보스토크는 늘 긴장의 연속이었다. 그런 블라디보스토크에는 니콜라예프스키에서 살아남은 함정까지 집결해 있어서 늘 북적였다.

일본 연합함대의 출현은 러시아 관측병에 의해 즉각 파악되었다. 그래서 비상종이 연이어 타종되었으나 일본 연합함대는 거기에 개의치 않고 쓰가루해협으로 진입했다.

　　쾅! 쾅! 쾅! 쾅!

　　연합함대가 진입하자 북해도 해안의 해안포대가 불을 뿜었다. 그러나 소리만 요란할 뿐 사거리가 짧은 해안포는 전부가 물기둥만 만들었다.

　　일본은 공격 직전 본토에 숨겨 두었던 소형 함정을 동원해 블라디보스토크 일대에 기뢰를 뿌렸다. 그 결과 소형 함정은 해안포에 모조리 격침되었으나 항구는 위험지역이 되어 버렸다.

　　러시아도 가만히 있지 않았다. 일본의 기뢰 살포에 맞서 해협 일대에 기뢰를 무차별 살포했다.

　　그 바람에 일본 연합함대는 북해도블라디보스토크로 다가서지 못했다. 그래서 더 이상 진격을 못 하고 소해정(掃海艇)을 풀어 기뢰부터 제거해야 했다.

　　해전은 시작과 동시에 소강상태가 되었다. 서전에서 러시아군의 해협 봉쇄 작전이 성공한 것이다.

　　이러한 공방전은 대한제국 공군의 정찰비행을 통해 고스란히 본토에 전해졌다.

　　대진은 해전이 발발하면서 수시로 종합상황실을 찾았다. 종합상황실은 합동참모본부에 설치되어 있었으며 늘 북적였다.

전투가 시작되고 한 달여가 흘렀다.

대진은 이날도 종합상황실을 찾았다.

상황실의 중앙으로 10여 명이 모여 있었다. 그중 지광천이 대진을 반갑게 맞이했다.

"어서 오시게."

"고생이 많으십니다."

"내가 고생이라고 할 것이 있나. 고생은 종합상황실을 운용하는 참모들이 하고 있지."

합참의장이 나섰다.

"고생이라고 할 수는 없지요. 모든 참모들이 본연의 임무를 다하고 있을 뿐입니다."

대진이 종합상황실 중앙에 자리한 모형 지도를 둘러봤다. 지도에는 북해도 블라디보스토크 일대와 그 주변으로 모여 있는 양국 함정 모형이 빼곡하게 늘어서 있었다.

상황은 며칠 전과 변화가 없었다.

"전날과 변화는 없나 보네요."

참모 중 1명이 대답했다.

"아직은 별다른 변화가 없습니다."

"이렇게 되면 일본이 자기 발등을 찍었다고 해야 하나요."

참모장이 설명했다.

"당장은 그렇습니다만 전투는 시간문제일 뿐입니다."

대진이 확인했다.

"한 달 동안 기뢰를 제거하고 있지만 그렇다고 완벽하게 제거할 수는 없잖아요."

다른 참모가 대답했다.

"정확하신 지적입니다. 일본이 소해정을 풀어놓았다고 해도 항구 가까이는 접근할 수 없다는 한계가 있습니다. 완벽하게 제거하려면 몇 개월은 더 있어야 합니다만 전투 상황이어서 그렇게 하지는 못할 겁니다."

"그러겠지요."

이런 대화를 나누고 있을 때.

통신을 담당하는 참모가 소리쳤다.

"정찰기로부터의 전언입니다! 일본 연합함대의 전함 아사히가 러시아 함대를 향해 포격을 시작했다고 합니다.!"

이어서 좌표 좌표를 불러 주었다.

그것을 받아 적은 참모가 아사히로 적힌 모형의 위치를 이동했다. 그런 작업은 한동안 지속되었으며 대진은 일본 연합함대가 기뢰 작업에 성공했다는 사실을 한눈에 알아볼 수 있었다.

"일본의 승리에 대한 욕망이 대단하군요. 러시아 함대가 있음에도 한 달여 동안 매달려서 기어코 기뢰 제거에 성공했으니 말입니다."

합참의장도 동조했다.

"그러게 말입니다. 하지만 러시아 태평양함대의 함정 숫자도 만만치 않아서 상황이 일방적으로 흘러가지는 않을 겁니다. 완벽하게 제거하지 못한 기뢰가 변수가 될 수도 있고요."

전투의 시작은 전함 아사히였다.

여기에 맞서 러시아 태평양함대의 전함들도 일제히 주포를 쏘아 댔다. 이때부터 양측의 함포가 일제히 불을 뿜으면서 공방전이 시작된 것이다.

쓰가루해협은 폭이 20여 킬로미터다.

그런 해협을 양국 함대의 함정이 가득 메운 상태로 결전이 벌어진 것이다. 일본은 북해도블라디보스토크를 무력화하지 않으면 북해도 공략이 어렵다는 판단을 했다.

그래서 러시아 함대가 도주할 길도 열어 주지 않고 정면공격을 감행한 것이다. 무모하기까지 한 일본 연합함대의 공격이었다.

양측이 쏘아 대는 포탄은 상대 함정에 결정적 피해를 입히기 어려웠다. 그로 인해 전투는 시작하고 얼마 지나지 않아 소강상태로 접어들었다.

며칠 간격으로 공방전이 지속되었다. 이런 소모적인 공방전에서 양측이 입은 피해는 미미했다.

도고 헤이하치로는 이날도 하늘을 올려다보면서 이마를 찌푸렸다. 그가 바라보는 하늘에는 대한제국 정찰기가 높이 떠 있었기 때문이다.

옆에 있던 부관이 투덜댔다.

"에이, 저놈의 정찰기는 단 하루도 빠지지 않는군요."

도고 헤이하치로가 아쉬워했다.

"우리 대일본제국도 하루빨리 항공기를 제작해야 해. 그러지 않으면 한국과의 군사력 경쟁에서 뒤처질 수밖에 없어."

"항공기가 그 정도로 위협적인 무기일까요?"

"물론이지. 저렇게 날아다니는 항공기가 폭탄이라도 떨어트린다면 어떻게 막을 수 있겠어."

참모가 아무 말을 못 했다.

"……."

대한제국 정찰기는 일본뿐이 아니라 러시아군에도 포착이 되었다. 그러나 일본과 달리 러시아는 항공기만 보면 환호하면서 크게 반겼다.

정찰기는 이러한 반응에는 아랑곳하지 않고 유유히 임무만 수행했다. 이 정찰기는 2인용으로 원료탱크가 대폭 확장되어 장거리비행이 가능했다.

일본 연합함대의 대대적인 포격전이 처음에는 별다른 성과를 거두지 못했다. 그러나 러시아 태평양함대에게 압박을 주기에는 충분했다.

일본의 압박 공세를 견디다 못한 러시아 태평양함대의 일부전함이 탈출을 시도했다. 일본의 계속된 포격에 당하다 보면 제대로 응전도 못 하고 함대가 궤멸될 우려가 있었기 때문이다.

러시아 함정 몇 척이 탈출을 시도했다.

이를 연합함대의 전함 후지와 야시마가 막으려 했다. 그러나 러시아 함대의 집중 공격을 받고는 전함 후지가 반파되면서 물러났고, 결국 러시아의 전함 1척과 함정 몇 척이 탈출하고 말았다.

그러자 이번에는 일본 구축함 4척이 항구로 다가갔다. 그것을 본 러시아 함대의 구축함 6척이 대거 몰려들었다.

쾅! 쾅! 쾅! 쾅!

워낙 거센 러시아의 반격에 4척의 일본 구축함이 급히 후퇴했다. 그것을 기회로 여긴 러시아 구축함이 추격하는 척하며 탈출을 시도했다.

그러나 이는 일본이 계획한 매복 공격이었다. 대기하고 있던 일본 연합함대가 집중 공격하면서 러시아 구축함이 하나둘 침몰되었다.

대진은 이날 일찍 종합상황실을 찾았다.

그리고 전투가 벌어지는 내내 종합상황실 중앙의 모형 도면을 바라보고 있었다. 참모들은 전투가 벌어지고 있는 상황을 정찰 항공기의 보고를 받아 도면에 적응하고 있었다.

통신참모가 소리쳤다.

"식별번호 7의 러시아 구축함 1척이 침몰하고 있습니다!"

대기하고 있던 참모가 구축함 모형 1개를 도면에서 제외시

컸다. 이 상황을 흥미진진하게 살피던 장병익이 입을 열었다.

"흐음! 이대로라면 러시아 구축함의 피해가 너무 많겠구나."

합참의장도 동조했다.

"그러게 말입니다. 처음 몇 척의 함정이 손쉽게 빠져나간 것이 오히려 화근이 되었습니다."

대진도 동조했다.

"맞습니다. 잠깐의 방심이 화를 불렀네요."

이런 대화를 주고받는 와중에서 러시아 구축함의 피해는 늘어만 갔다. 이날 결국 6척의 러시아 구축함이 침몰하는 큰 피해를 입고 만다.

이후 10여 일의 공방전이 전개되었다.

이런 상황을 지켜보던 대진이 의문을 제기했다.

"이상하군요. 이런 상황이라면 일본이 대대적인 상륙 작전을 전개해도 될 터인데, 그런 움직임이 전혀 없네요."

합참의장이 설명했다.

"북해도는 해안 지형이 대부분 절벽이나 가파른 산악으로 이뤄져 있습니다. 상륙할 만한 지역은 해안포대가 이중 삼중으로 설치되어 있고요. 그런 북해도에서 대규모 병력을 상륙시킬 곳은 북해도블라디보스토크가 있는 오시마 반도가 거의 유일하다고 할 수 있습니다."

참모장이 부언했다.

"그런 오시마도 상당 부분이 절벽 지대입니다. 그런 요소요소마다 해안포대와 러시아 병력이 배치되어 있고요."

대진이 그가 설명하고자 하는 것이 뭔지 알아들었다.

"북해도를 점령하기 위해서는 무조건 블라디보스토크를 장악해야 한다는 말이군요."

"예, 그렇습니다. 러시아도 이런 사정을 알고 있어서 포대와 요새를 본토에서 가져온 콘크리트로 구축해 놓은 상황이고요."

"콘크리트 구조물까지 만들었다면 공략하기 어렵겠네요."

"그렇습니다. 그래서 일본이 러시아 함대를 물리치더라도 상륙하는 과정에서 곤욕을 치르게 될 것입니다. 더구나 일본의 공격으로 파괴되었던 니콜라예프스키의 보수 공사가 마무리되고 있는 것도 일본으로선 부담이고요."

총참모장의 설명을 들은 대진이 일본이 고전하는 상황을 이해할 수가 있었다.

"일본으로선 난감한 상황이군요. 시간이 지날수록 전비는 급격히 불어날 터인데요."

참모장이 대답했다.

"지금은 아무것도 아닙니다. 북해도는 의외로 넓은 섬입니다. 그런 섬에 일본군이 상륙에 성공했다고 해서 모든 상황이 끝난 것은 아닙니다. 아니, 실제 전투는 상륙 이후이고 육전이 벌어지면 전비는 무지막지하게 소모될 것입니다."

장병익이 대진을 바라봤다.

"이 후작, 일본이 전비를 어디서 충당했지? 혹시 로스차일드 가문에서 차관을 받은 거 아냐?"

대진이 고개를 저었다.

"아닙니다. 저도 혹시나 해서 알퐁스 로스차일드 가주에게 확인해 봤는데 아니었습니다."

"그러면 영국에서 차관을 들여왔을 가능성이 높겠구나."

대진도 동의했다.

"저도 그렇게 생각합니다. 베어링은행이 아니면 영국 정부가 소개한 은행에서 채권을 발행했을 가능성이 높습니다."

합장의장이 보고했다.

"군량은 산동에서 무차별적으로 긁어 들이고 있다는 보고입니다."

장병익이 혀를 찼다.

"쯧! 산동총독으로 이토 히로부미가 나가 있으니 오죽하겠어? 아마도 자신은 안 그런 척하면서 아랫사람들을 닦달해 철저하게 긁어 들이겠지."

모두가 고개를 끄덕였다.

이날의 전투에서 러시아 구축함 6척이 침몰했다. 그 바람에 러시아 함대는 바짝 웅크리면서 전투는 한동안 소강 국면이 되었다.

그러나 언제까지 봉쇄만 당할 수는 없었다. 시간이 지날수록 불리해지는 것은 러시아 해군이다.

그래서 9월 하순.

러시아 태평양함대 중 해안포대 역할을 하는 함정을 제외한 대부분의 함정이 일제히 움직였다. 석탄을 원료로 쓰는 함정은 기동을 숨길 수가 없다.

기관의 출력을 높이려면 무조건 석탄을 대량으로 투입해야 하기 때문이다. 그렇게 되면 필연적으로 시꺼먼 연기가 연돌로 빠져나가게 되어 있었다.

땅! 땅! 땅! 땅!

한 달이 넘는 공방전이 지속되면서 일본 연합함대도 점차 지쳐 갔다. 도고 헤이하치로는 이런 수병들을 위해 전투가 없는 날에는 편하게 휴식을 취하도록 지시해 두었다.

이날도 도고 헤이하치로는 수병들에게 휴식을 지시했다. 그러고는 참모들과 함께 자신의 집무실로 들어가 회의를 하려 했다.

그때 마스트에 있던 견시수가 소리쳤다.

"비상! 비상! 적함이 대대적으로 기동한다!"

비상종타종과 함께 견시수의 외침을 들은 도고 헤이하치로가 급히 선수로 나갔다. 그런 그의 시야에 시꺼먼 연기를 내 뿜고 있는 러시아 함대가 포착되었다.

도고가 지시했다.

"러시아 함대가 포위망을 뚫기 위해 대대적인 기동을 하려고 한다. 참모장은 각 함정에 명해 결사적으로 방어망을 사수하게 하라!"

"예, 알겠습니다."

상황은 요양에서도 지켜보고 있었다.

보름여 만에 돌파를 시도하는 러시아 함대의 움직임은 시시각각으로 전해졌다. 대진과 군 지휘부는 참모들이 배치하는 모형의 움직임을 예리하게 주시하고 있었다.

이때였다.

통신참모가 소리쳤다.

"태평양함대의 기함인 '페트로 파블로브스크'가 기뢰와 접촉해 대폭발을 일으켰다고 합니다!"

참모가 즉각 해당 모형에 붉은 깃발을 꽂았다. 그리고 얼마 후 통신참모의 외침이 또 터졌다.

"전함 포베다가 일본 연합함대의 집중 포격에 큰 피해를 입었습니다!"

또다시 해당 모형에 깃발이 꽂혔다. 이후에도 통신참모의 외침은 쉼 없이 들리면서 종합상황실은 하루 종일 분주했다.

이날의 전투에서 러시아 함대는 기함이 침몰하는 엄청난 피해를 입었다. 그러나 다행히 전함을 포함한 10여 척의 함정이 돌파에 성공하면서 러시아는 한숨을 돌리게 되었다.

이렇게 북해도블라디보스토크 공략은 한 달여가 더 진행되었다. 그러나 이후의 전투에서 일본 연합함대는 전함 1척을 상실하면서도 별다른 전과를 올리지 못했다.

일본 연합함대는 계속해서 북해도블라디보스토크 봉쇄에만 전념할 수 없었다. 그동안 포위망을 빠져나간 러시아 함정이 상당수 되었기 때문이다.

이 함정들이 니콜라예프스키에서 재보급을 받고는 수시로 일본열도를 공략했다. 일본 연합함대는 이들을 상대하기 위해 전력의 일부를 빼돌려 상대해야 했다.

그러나 이들만으로는 역부족이어서 본토의 피해가 조금씩 중첩되었다. 이러한 공격이 이어지자 대본영(大本營)은 연합함대 철수를 지시했다.

도고 헤이하치로는 아쉬웠다.

그러나 북해도 공략보다 일본 본토 방어가 더 중요했다. 더 큰 문제는 러시아 최강의 발트함대가 블라디보스토크로 파견되었다는 첩보가 날아들었다는 것이었다.

첩보가 전해지자 도고 헤이하치로는 그 즉시 연합함대의 회항을 지시했다. 그 바람에 3개월여 진행된 북해도블라디보스토크 전투는 승자 없이 끝을 맺게 되었다.

철수한 연합함대는 일본 여러 곳의 해군공창으로 들어가 대대적인 정비를 받았다.

러시아 발트함대는 러시아 황제의 명에 따라 2회에 걸쳐 출동했다. 그리고 유럽을 돌아 수에즈운하를 관통하려 했다.

그런데 영일동맹을 맺은 영국이 러시아 전함의 수에즈 통과를 거부했다. 어쩔 수 없이 발트함대는 함정을 둘로 나뉘어 전함은 아프리카를 돌아 항해해야만 했다.

그 바람에 이듬해 연말이 되어서야 마다가스카르 인근 노지베 섬에 도착할 수 있었다. 그러나 발트함대는 여기서 또다시 발목이 잡혔다.

러시아 함대와 석탄 공급계약을 맺은 독일회사가 석탄 공급을 거부했던 것이다. 이 때문에 다시 몇 개월의 시간을 날려 버린 발트함대가 출항한 날은 1905년 3월 16일이었다.

우여곡절을 겪은 발트함대가 코친차이나의 깜란항에 도착한 것은 4월 14일이다. 여기서 2차로 출발한 함대와 조우해 석탄과 부식을 보급받았다.

이러한 발트함대의 움직임은 시시각각 일본으로 전달되었다. 도고 헤이하치로 제독은 발트함대가 북해도에 도착하면 전쟁을 이길 수 없다는 사실을 알고 있었다.

그나마 일본에 다행인 점이 있었다.

발트함대가 이런저런 이유로 발목이 잡힌 동안 일본은 기존의 태평양함대 잔여 함정 상당수를 무력화했다. 그래서 연합함대는 오로지 발트함대만 상대하면 되었다.

도고 헤이하치로 제독은 연합함대 함정 전부를 규슈의 사세보로 집결시켰다. 그리고 전면적인 보수와 정비를 하며 발트함대와의 결전을 대비했다.

양측의 결전이 임박해지면서 대한제국도 분주해졌다. 블라디보스토크 전투 이후 몇 개월은 산발적인 해전만이 벌어졌었다.

대진도 그동안은 현업에 집중하면서 시간을 보내었다. 그러다 발트함대가 베트남에 정박하면서 다시 수시로 종합상황실을 찾았다.

그러던 4월 하순.

잠함 안무로부터 발트함대가 베트남의 반퐁항을 출발했다는 급전이 날아왔다. 이날 마침 종합상황실을 찾은 대진이 이 보고를 들었다.

"드디어 결전이 임박했네요."

합참의장이 동조했다.

"그러게 말입니다. 이제 러시아와 일본 모두 외통수네요."

대진이 질문했다.

"발트함대가 항로를 어디로 결정했을까요?"

발트함대가 택할 항로는 두 가지다.

하나는 일본열도를 우회하여 블라디보스토크에 입항하는 항로였다. 그리고 다른 하나는 대마도해협을 통과해서 동해를 관통하는 노선이었다.

합참의장이 주저 없이 대답했다.

"저는 최단 노선인 대마도해협을 통과할 거라고 예상됩니다."

"그런 판단을 하는 근거가 있겠지요?"

합참의장이 설명했다.

"중간마다 석탄을 보급하며 쉬었다고 해도 반년이 넘는 항해입니다. 함대사령관의 놀라운 지휘로 40여 척의 함정 중단 1척도 손실을 입지 않은 점은 솔직히 놀랍고요. 그러나 함대 승조원들의 피로감은 극에 달해 있을 겁니다. 더구나 석탄 보급도 문제이고요."

총참모장이 거들었다.

"코친차이나를 출발한 발트함대가 석탄을 보급받을 곳은 상해가 유일합니다. 그런데 발트함대가 입항하지 않고 석탄 보급선만 보낸다면 최단 노선을 택할 가능성이 높습니다."

대진이 핵심을 짚었다.

"전력 노출을 우려해 상해에 입항하지 않는다는 말이군요."

"그렇습니다."

합참의장이 다시 나섰다.

"발트함대가 상해에 정박할 가능성은 거의 없다고 봐야 합니다. 아무리 자신들의 항로가 노출되었다 해도 함대사령관의 입장에서는 전력이 고스란히 노출될 수 있는 위험을 감수하지 않으려 할 겁니다."

대진이 확인했다.

"발트함대도 항공 정찰로 감시합니까?"

총참모장이 대답했다.

"아닙니다. 거리가 멀어서 잠수함이 감시하고 있습니다."

"언제쯤 격돌이 예상됩니까?"

"발트함대가 워낙 대규모여서 이동속도가 많이 늦습니다. 그래서 앞으로 20여 일은 지나 봐야 알 것 같습니다."

"5월 중순경이라는 말씀이군요."

"그렇게 예상됩니다."

대한제국의 예상은 적중했다.

발트함대사령관 로제스트벤스키 중장은 코친차이나를 출발하기 전 고심을 거듭했다. 그래도 쉽게 결정을 내리지 못하고 주요 지휘관과 각 함의 함장을 기함 수보로프로 불러 작전회의를 열었다.

작전회의에서 격론이 벌어졌다.

일부는 일본열도를 우회하며 해안을 공격하자고 했다. 그러나 대부분의 참모진은 반년 넘은 항해로 전투력이 크게 떨어진 것을 이유로 최단 노선으로 북상하자고 주장했다.

고심하던 로제스트벤스키 제독은 참모들의 의견을 수용하기로 결정했다. 그래서 코친차이나를 출발하고 10여 일 후, 상해로 석탄 보급선을 보낸 것이다.

이 정보는 즉각 사세보로 전달되었다.

6장

　도고 제독은 모든 함대에 비상령을 내렸다. 그렇게 만반의 준비를 하고는 수시로 감시선을 풀었다.

　그러나 일본 연합함대는 며칠 동안 발트함대의 꼬리를 잡지 못했다. 그만큼 발트함대가 은밀히 기동했으며 야간 등화 관제도 철저히 했다.

　이러한 발트함대의 은밀한 기동은 어이없는 실수로 깨지고 말았다. 병원선인 오룔호가 깜빡 잊고 켜 둔 등불 하나를 일본 연합함대 경순양함 시나노마루[信濃丸]가 발견한 것이다.

　시나노마루는 본대로 적함 발견을 타전했다. 도고 헤이하치로 제독은 그 즉시 일본 연합함대의 출항을 명령했다.

　이날 대한제국의 종합상황실에는 평상시보다 훨씬 많은

사람들이 모여들었다. 대진도 아침 일찍 일본 연합함대가 출동했다는 연락을 받고서 종합상황실로 달려 나왔다.

그러던 오후 2시 경.

통신참모가 소리쳤다.

"대마도 근방에서 대기 중인 연합함대 기함 미카사에 'Z'기가 게양되었습니다!"

순간 종합상황실이 후끈 달아올랐다.

"연합함대 함정들이 전투 진형을 구축하기 위해 급속 변침을 시도합니다."

그리고 얼마 후.

"연합함대가 집중 포격을 시작했습니다!"

통신참모는 시시각각 상황을 전했다.

그에 따라 중앙에 마련된 모형의 상황도 수시로 변했다. 그러한 전황은 일본 연합함대에 일방적으로 유리하게 전개되었다.

대진이 입을 열었다.

"놀라운 일이네요. 아무리 일본 연합함대가 기다리고 있었다고 해도 어떻게 이렇게 일방적으로 진행될 수가 있습니까?"

합참의장이 설명했다.

"몇 가지 요인이 있겠지만 가장 중요한 점은 선점의 효과겠지요."

해군 참모총장이 거들었다.

"양측 함대의 화력과 기동력의 차이가 결정적 판세를 갈랐습니다."

대진이 질문했다.

"차이가 많습니까?"

"조사한 자료에 따르면 발트함대의 평균속도는 11노트이고 연합함대는 14노트입니다."

대진이 고개를 갸웃했다.

"그 정도 차이가 문제가 되나요?"

"방금 제가 결정적이라고 하지 않았습니까? 해전에서 3노트의 차이는 실전에서 화력 집중을 허용할 정도로 큽니다."

"아! 그렇습니까?"

"그리고 연합함대가 보유한 거리 측정 장비가 최신형이어서 7킬로미터 내외인데, 러시아는 겨우 4킬로미터로에 불과합니다. 이 차이는 같은 함포로 포격한다고 해도 사격 능력에 영향을 줍니다. 거기에 오랜 항해에 최악으로 떨어진 사기가 결정적 역할을 했을 것이고요."

합참의장이 거들었다.

"작은 차이도 전장에서는 곧잘 엄청난 결과를 초래합니다. 하물며 이 정도의 차이라면 엄청난 수준이지요."

대진이 크게 고개를 끄덕였다.

"그렇군요. 이번 해전은 러시아가 질 수밖에 없는 상황이었군요."

"그렇습니다. 전투가 벌어지고 불과 몇 시간 만에 발트함대는 전함 몇 척과 순양함 다수가 격침되었습니다. 반면에 연합함대의 피해는 거의 없는 상황입니다. 이대로 전투가 진행된다면 거의 전멸을 각오해야 할 겁니다."

"그렇다면 이제 남은 것은 육전뿐이군요."

합참의장이 상황을 예측했다.

"육전이 벌어지면 아마도 막대한 사상자가 발생할 겁니다. 지난 1년여 동안 러시아 해군이 일방적으로 당하는 동안 육군은 병력을 추가 배치해서 50만이나 됩니다. 더구나 군량은 몇 년 치를, 총탄과 소모품도 막대하게 저장해 놓았고요. 그런 북해도를 상륙하려면 초장부터 어마어마한 피해를 각오해야 할 겁니다."

총참모장도 동조했다.

"그렇습니다. 그래서 일본도 러시아 해군을 먼저 격파해서 제해권을 장악하려 했고, 그 계획이 성공을 거두고 있고요."

대진이 질문했다.

"일본군은 얼마나 준비해 두었습니까?"

총참모장이 대답했다.

"100만 정도로 알고 있습니다."

대진이 놀랐다.

"엄청난 병력이군요. 그 정도를 준비했다는 것은 숫자로 밀어붙이려는 거로군요."

"일본도 북해도 전체가 요새화되어 있다는 사실을 알고 있습니다. 그런 북해도를 공략하기 위해서는 어느 정도의 인명 피해는 감안해야 합니다."

대진도 인정했다.

"그렇겠지요. 우리처럼 특별한 무기가 없는 일본으로선 인해전술이 최선이겠지요."

합참의장이 거들었다.

"더구나 일본은 일왕의 신격화를 시작하면서 만세 돌격을 정형화하고 있는 상황입니다. 그런 일본군이어서 인명피해는 당연하게 생각할 가능성이 높습니다."

대진이 아쉬워했다.

"기회가 되면 직접 참관을 해 보고 싶군요."

국방대신 지광천이 권했다.

"생각이 있으면 잠수함이나 정찰기에 동승해서 둘러보도록 하게."

대진이 즉석에서 고마움을 표했다.

"감사합니다. 상륙전이 벌어지면 정찰기에 동승해서 현장을 둘러보겠습니다."

"공군에 연락해 두겠네."

해전은 돌발변수가 없이 일방적으로 끝났다.

발트함대는 전함 6척 순양함 3척, 구축함 등을 합쳐 무려

19척의 함정이 수장되었다. 그리고 전함 2척을 포함한 7척이 항복하거나 나포되었다.

　일본의 승리는 전 세계로 타전되었다. 열도는 열광했으며 러시아는 온 나라가 경악했다.

　그러나 러시아는 굴복하지 않았다.

　비록 해군이 엄청난 손실을 입었지만 그래도 육군은 건재했다. 그리고 대마도 해전에서 3척의 함정이 블라디보스토크로 입항하면서 최소한의 함대 전력은 보전할 수 있었다.

　발트함대를 섬멸한 일본은 본격적인 상륙전을 준비했다. 100만에 달하는 병력 대부분은 이미 본토 북부의 아오모리 일대에 집결해 있었다.

　대마도 해전에서 승리한 연합함대는 그 여세를 몰아 북상했다. 그러고는 재보급을 받고서 쓰가루해협 일대에 배치되었다.

　이어서 아오모리로 일본에서 준비해 놓은 상륙정이 모여들었다. 러시아군도 일본의 상륙 작전에 대비해 병력을 상륙 예상 지점에 대거 배치되었다.

　이어서 상륙 작전이 전개되었다.

　상륙은 연합함대의 대대적인 포격이 먼저였다.

　쾅! 쾅! 쾅! 쾅!

　연합함대 전함의 주포는 12인치다. 이 주포의 사거리는 거의 10여 킬로미터여서 러시아의 해안포대로는 상대할 수가 없었다.

무지막지한 함포 공격은 이틀 동안 이어졌다. 일본은 이 정도의 공격에 러시아 해안포대가 무력화되었을 거라고 짐작했다.

그런데 간과한 사실이 있었다.

러시아의 모든 해안포대는 콘크리트로 만들어져 있었다. 일본도 이를 알고 있었지만 함포 공격으로 무력화할 수 있다고 생각했다.

그러나 아니었다.

러시아 요새와 포대는 일본 연합함대의 포격에 별다른 피해를 입지 않았다.

이런 사실을 간과한 일본군은 이틀 동안 무차별적인 포격에 이어 상륙전을 감행했다. 이를 위해 수백 척의 크고 작은 상륙정이 아오모리에서 쏟아져 나왔다.

우~웅!

대진은 이때 정찰기 조수석에 앉아 상륙 장면을 내려다보고 있었다. 공군은 이날의 상륙전을 위해 2대의 정찰기를 현장에 배치해 놓고 있었다.

함포사격이 끝나고 상륙전이 시작되었다. 그것을 확인한 다른 정찰기의 부조종사가 실황 중계를 하듯 무선으로 보고했다.

─수백 척의 상륙정이 아오모리를 나왔습니다. 그런 상륙정이 해협을

건너 블라디보스토크로 다가서고 있습니다.

　-아! 이때, 러시아 요새의 기관총과 포대가 일제히 불을 뿜기 시작했습니다.

　-무지막지하게 쏘아 대는 기관총과 해안포대로 인해 상륙정이 엄청난 피해를 입고 있습니다.

　이틀간의 포격으로 일본군은 러시아군가 결정적 피해를 입었다고 오인했다. 그런 틈을 놓치지 않으려고 대규모 병력을 밀어 넣었던 것이다.

　상륙정을 타고 있는 일본군은 마땅히 숨을 곳도 없었다. 그런 일본군을 러시아군이 해안포와 기관총으로 무차별적으로 공격을 한 것이다.

　일본군도 응사를 하기는 했다.

　그러나 함포 공격에도 끄떡하지 않은 러시아 요새에 조금의 피해도 입히지 못했다. 더구나 요새는 상륙정을 내려다보는 지형적 이점 덕분에 학살에 가까운 전투를 벌이고 있었다.

　대진은 조종사에게 부탁해 연합함대로 기수를 돌렸다. 그러던 대진의 시야에 연합함대 기함인 미카사가 들어왔다.

　대진이 망원경으로 미카사의 갑판을 살폈다. 그러다 갑판에 모여 있는 10여 명의 지휘관들과 도고 헤이하치로로 보이는 인물을 발견할 수 있었다.

　이 순간 도고 헤이하치로도 기함으로 다가오는 정찰기를 올려다보고 있었다. 그런 도고 헤이하치로의 시선을, 대진은 망원경으로 정확히 바라볼 수 있었다.

도고가 짜증을 냈다.

"정말 성가시게 하는군."

참모가 바로 알아들었다.

"한국의 정찰기가 많이 불편하신가 봅니다."

"당연히 그렇지. 며칠 전부터 계속 우리 상공을 맴돌면서 정찰을 하고 있잖아."

"너무 신경 쓰지 마십시오. 지금의 우리로서는 마땅히 대응할 수단이 없습니다."

이때 대진이 탄 정찰기가 미카사를 지나갔다. 그런 정찰기의 뒷모습을 바라보며 도고가 혀를 쳤다.

"쯧! 이번 전쟁이 끝나면 대공방어에 대해서도 본격적인 연구를 해 봐야겠어."

이런 말을 하며 끝까지 정찰기를 바라봤다.

일본의 공세는 집요했다.

첫 번째 상륙 작전은 실패로 돌아가면서 수만 명의 사상자가 발생했다. 그럼에도 일본은 함포 공격을 재개하고는 다시 병력을 투입했다.

이런 일본군도 러시아군의 방어 공격에 무차별적으로 갈려 나갔다. 이후 몇 번의 상륙전을 감행하였으나 단 한 번도 성공하지 못했다.

그러나 난공불락과 같던 방어선도 십여 차례의 공격 끝에 결국은 무너졌다. 블라디보스토크의 끝에 있는 산에 설치된 방어망을 집중 공략해 무력화한 덕분이었다.

교두보를 확보한 일본군은 이 산을 통해 병력을 대거 상륙시켰다. 그렇게 상륙한 병력은 낮은 지대에 자리 잡은 블라디보스토크로 쏟아져 들어갔다.

이때부터 전투는 시가전으로 바뀌었다.

블라디보스토크의 건물 대부분은 벽돌이었다. 러시아군은 이런 도심에 수많은 매복을 심어 놓으면서 무수한 일본군을 녹여냈다.

그러나 일본군이 병력을 축차 소모해 가면서 무지막지하게 밀어붙였다. 그 결과 블라디보스토크 장악에는 성공했으나 10여만의 병력이 희생되었다.

그야말로 엄청난 손실이었다.

그러나 일본군은 병력 손실은 아예 염두에 두지도 않고 있었다. 그 대신 블라디보스토크를 장악했다는 사실에만 환호했다.

러시아군도 상당한 피해를 입었다. 그러나 적절한 시기에 병력을 철수하면서 최소한으로 줄였다.

1차 목적을 달성한 일본군은 휴식과 함께 대대적으로 병력을 충원했다. 이러는 동안 다른 병력 또 다른 상륙전을 준비했다.

북해도는 마름모에 꼬리가 길게 나와 있는 형태다. 이런 북해도를 공략하기 위해서는 2개의 포인트를 노려야 한다.

한 곳은 이번에 일본이 점령한 블라디보스토크이며, 다른 한 곳은 도마코마이[苫小牧]다. 이곳은 마름모의 끝으로, 이곳을 공략하면 바로 삿포로로 넘어갈 수가 있다.

그러나 해안이 좁고 지형이 험해 대규모 병력이 상륙하는데 문제가 있었다. 그래서 후순위로 제쳐 놓았는데 이번 승세를 몰아 공략을 감행하기로 결정했다.

도마코마이 공략은 일본 육군의 3군이 맡았으며 노기 마레스케[乃木希典] 대장이 사령관이다.

상륙 작전은 동일하게 전개되었다.

연합함대의 함포 공격이 먼저 시작되었다. 포격은 이전의 경험이 있었기에 사흘 동안 철저하게 진행되었다.

그리고 3군의 상륙이 진행되었다. 노기 마레스케 대장이 칼을 빼 들고 소리쳤다.

"전군! 상륙하라!"

그의 지시에 따라 5만이 넘는 병력을 태운 상륙정이 일제히 해안으로 몰려들었다.

북해도 공략전은 처절하게 진행되었다.

부동항을 잃기 싫었던 러시아는 격렬하게 저항했다. 고토 수복이 명분인 일본도 무수한 병력을 갈아 넣으며 러시아군의 방어망을 뚫어 나갔다.

북해도는 일부 지역을 제외하고는 대부분이 산지다. 러시아는 그런 지형을 최대한 활용했으며 이때 등장한 방어 전술이 참호다.

참호는 대한제국이 처음으로 북벌에 대규모로 도입했다. 그런 참호를 러시아가 이번 전쟁에 다시 도입해서 제대로 효과를 거뒀다.

북해도는 경상전라충청도를 합친 것보다 넓다. 그런 북해도에는 수많은 산지가 있었으며 그런 산지마다 러시아는 참호와 요새를 만들어서 일본군의 발목을 잡았다.

일본군은 참호에 대한 개념이 별로 없었다. 그래서 러시아 방어선을 만나면 무작정 돌격으로 돌파하려 했다.

만세 돌격을 감행한 것이다.

이때마다 러시아군의 기관총에 수많은 일본군이 벌집이 되었다.

그러나 그렇게 땅을 피로 적시면서 몇 개월을 전진하던 일본군은 11월이 되면서 발걸음이 더뎌졌다.

눈이 내리기 시작했기 때문이다.

북해도는 설국(雪國)이라는 별칭이 있을 정도로 많은 눈이 내린다. 그것도 사람의 왕래가 불가능할 정도의 폭설이었다.

눈발이 날리면서 일본군은 급해졌다.

일본군은 전 병력을 집결해 방어선 돌파를 시도했다. 그러나 미리 대비하고 있던 러시아군의 격렬한 저항에 부딪혀 돈좌되었다.

북해도 상륙 이후.

처음으로 일본군의 기세가 꺾였다.

그동안 수십만의 병력을 잃었으나 일본은 조금도 굴하지 않았다. 그런데 눈이라는 대자연의 조화에 어쩔 수 없이 고개를 숙인 것이다.

폭설이 내리면서 진격하려 해도 할 수 없는 상황이 되어버렸다. 그렇게 양군은 자연현상 때문에 원하지 않는 휴전에 돌입하게 되었다.

시간이 조금 지난 12월 초.

존 실 미국공사가 대진을 찾았다.

"공사께서 어쩐 일이십니까?"

"후작님께 긴히 논의드릴 일이 있어서 찾아뵈었습니다."

미국공사가 이런 식으로 찾아온 것은 처음이었다. 그렇다보니 대진도 절로 긴장했다.

"귀국과 본국 간에 무슨 문제가 발생한 겁니까?"

존 실공사가 고개를 저었다.

"아닙니다. 우리 양국의 문제가 아니라 전쟁을 벌이고 있는 러시아와 일본 때문입니다."

이때 대진의 머릿속이 번뜩했다.

'아! 맞다. 러일전쟁을 중재한 것이 미국이었지?'

대진이 정색을 했다.

"러일전쟁에 변수가 발생한 것입니까?"

존 실이 고개를 저었다.

"아닙니다."

그가 차를 한 모금 마셨다.

"본국의 대통령께서는 양국이 벌이고 있는 전쟁이 오래 지속되기를 바라지 않습니다. 그래서 우리가 나서서 양국의 종전 협상을 중재하기를 바라고 있습니다."

"우리가 중재하자고요?"

"그렇습니다. 북해도는 북태평양과 접한 섬입니다. 그런 북태평양은 누가 뭐라고 해도 귀국과 우리 미합중국의 안마당입니다. 이런 곳에서 벌어지는 전쟁이니 우리가 중재하는 것이 마땅하지 않겠습니까?"

대진의 머리가 절로 끄덕여졌다. 그러면서 미국이 왜 이전 시대에 러일전쟁을 중재하는 데 나섰는지를 절로 알게 되었다.

"그렇군요. 우리 안마당에서 벌어지고 있는 전쟁이 오래 지속되는 것이 좋지는 않지요."

"그렇습니다."

"그런데 만약 중재한다면 어떤 식으로 설득하면 좋겠습니까?"

"러시아가 북해도에서 철수하는 정도가 좋지 않겠습니까?"

대진이 바로 고개를 저었다.

"어려운 일입니다. 러시아는 부동항 확보에 목매는 나라입니다. 그런 러시아가 북해도를 포기하겠습니까? 더구나 일본은 북해도를 아직 절반도 점령하지 못한 상황입니다."

"하지만 일본이 점령한 지역이 북해도 남부의 핵심 지역이지 않습니까? 지금 상황에서 휴전된다고 해도 러시아가 이전처럼 부동항을 다시 건설하기는 어렵습니다."

대진이 고개를 저었다.

"그렇지 않습니다. 북해도 북부가 산지이지만 러시아가 마음먹으면 항구는 충분히 만들 수 있습니다. 그러니 지금 상황을 놓고 러시아를 압박하는 것은 어렵습니다."

"으음!"

존 실의 입에서 침음이 흘렀다. 잠시 고심하던 그가 대진에게 질문했다.

"후작님께서는 양국이 종전하는 것을 바라시지 않습니까?"

대진이 어깨를 으쓱했다.

"전쟁을 좋아하는 사람이 어디 있겠습니까? 나는 단지 양국을 종전시키려면 양국이 동시에 만족할 만한 제안을 해야 한다는 말씀을 드리는 겁니다."

그 말에 존 실 공사도 동조하지 않을 수 없었다.

"후작님 말씀이 맞기는 합니다."

"러시아가 해전에서 대패하면서 막대한 피해를 입었습니다. 그러나 북해도 전투에서는 오히려 일본군의 피해가 몇 배나 됩니다. 그런 것을 놓고 봤을 때 이 전쟁에서 누가 이겼다고 손들어 줄 수가 없는 형편입니다."

"으음!"

"그리고 북해도의 러시아 병력은 아직 비축된 군수물자가 충분한 것으로 압니다. 그런 러시아군을 일본군이 쉽게 공략할 수 있을까요? 더구나 지금은 겨울이어서 내년 봄까지는 전쟁을 하려 해도 할 수 없는 입장입니다."

존 실의 표정이 점점 굳어졌다.

그는 대진이 양국의 종전 협상을 쉽게 중재해 줄 줄 알았다. 그런데 막상 만나고 보니 의외의 문제를 들고나와 내심 당황했다.

"……후작님께서는 종전이 어렵다고 보십니까?"

대진이 고개를 저었다.

"그렇지는 않습니다."

"그런데 왜 이런 문제를 지적하시는 건가요?"

"이번 전쟁에 귀국과 영국에서 일본의 공채를 대량으로 매입한 것으로 압니다. 그래서 일본은 종전을 하게 되면 러시아에 막대한 배상금을 받아 내려 할 겁니다."

"그야 일본이 이기고 있는 상황이니 당연한 일 아닙니까?"

대진이 웃었다.

"하하! 공사께서는 방금 제가 한 말을 간과하셨군요. 북해도의 러시아군은 지금 상태로도 일본과 적어도 2~3년은 싸울 정도가 됩니다. 더구나 니콜라예프스키에는 30만 병력이 대기하고 있고요. 그에 비해 일본은 어떻습니까? 일본은 전쟁을 2~3년간 지속할 수 있습니까?"

"그거야 가능하겠지요?"

"쉽지 않을 겁니다. 우리가 파악한 바로는 일본의 전비가 위험수위에 다다른 것으로 압니다. 그런 일본이 해를 넘겨 전투를 재개하려면 귀국과 영국이 공채를 매입해 주어야 하는데, 가능합니까?"

존 실 공사가 말을 못 했다.

대진의 지적대로 일본이 발행한 전쟁공채를 영국과 미국이 나눠서 매입했다. 그런데 전쟁이 벌어지자 전비가 예상과 다르게 기하급수적으로 늘어났다.

러시아의 저항이 격렬해지면서 전쟁 비용이 무지막지하게 늘어났기 때문이다. 그래서 영국도, 미국도 일본의 전쟁공채 매입을 거부하고 있었다.

대진은 그 핵심을 짚은 것이다.

존 실 공사가 한숨을 내쉬었다.

"후! 귀국의 정보력은 대단하군요. 우리와 영국의 상황을 정확하게 파악하고 있을 줄은 몰랐습니다."

"감사합니다."

"그러면 어떤 식이 되어야 중재가 가능하겠습니까?"

"일본이 배상금을 포기해야 협상이 가능합니다."

존 실이 고개를 저었다.

"쉽지 않은 일입니다. 일본이 지금까지 투입한 전비가 일본 1년 예산의 10배 가까운 20여억 엔입니다. 그런 전비를 투입하고도 배상을 받지 못한다면 일본은 종전에 절대 합의하지 않을 겁니다."

대진도 물러서지 않았다.

"러시아도 배상까지 하면서 종전할 생각은 조금도 없을 겁니다. 러시아도 자신들이 버티면 일본이 먼저 나가떨어진다는 사실을 알고 있을 겁니다."

"러시아도 전비가 넉넉하지 않은 것으로 아는데요. 더구나 러시아 내부가 폭동이 빈발하면서 어수선한 상황이고요."

"그래서 최선이 아닌 차선을 찾자는 겁니다."

존 실공사의 눈이 빛났다.

"차선이라면 무엇을 말씀하는 겁니까?"

대진이 한동안 자신의 생각을 밝혔다. 처음에는 미심쩍어하던 존 실도 설명이 이어지면서 안색이 환해졌다.

"그거 아주 좋은 생각입니다. 그 정도면 아쉽기는 하지만 서로가 어느 정도의 명분을 찾을 수 있겠네요."

"예, 러시아가 받아들일지가 미지수지만 우리가 나선 이상 무조건 거부할 수는 없을 겁니다."

"좋습니다. 그러면 양측을 협상테이블에 앉히도록 합시다. 제가 일본을 맡을 터이니 후작님께서 러시아를 맡아 주십시오."

"그렇게 하지요."

대진은 황제와 내각에 미국 정부의 제안을 보고했다. 그러고는 러시아공사 파블로프를 만나 제안을 전했다.

이 무렵 러시아의 사정은 최악이었다.

러시아 노동자들은 낮은 임금과 높은 물가에 허덕이고 있었다. 농민도 마찬가지여서 과도한 토지 상환금과 출산율의 폭증, 여기에 기근까지 만연하면서 반강제적으로 도시로 내몰리고 있었다.

러시아 정부는 공업화를 이룩하기 위해 과격한 수출 장려 정책을 펼쳤다. 그 바람에 국민이 먹어야 할 농산물마저 수출하게 되면서 물가가 폭등했다.

이런 어려움이 겹치면서 민중의 불만은 극에 달해 대규모 봉기 사태가 발생했다.

이 당시 러시아 민중에게 황제는 신과 같은 존재였다.

그래서 집결한 군중은 황제에게 급료를 올려 달라는 청원하려고 황제의 초상과 교회 성물을 앞세워 행진했다.

그렇게 모인 30여만의 군중은 질서 있게 러시아 국가를 부르며 행진했다. 그런데 이를 향해 황제의 군대가 일제히 사격을 가하면서 사달이 났다.

이뿐이 아니라 대포를 발사하고 종내는 기병대가 돌진해서 칼을 휘둘렀다. 피의 일요일 사건으로 불리는 이날의 참사로 수많은 군중이 죽어 나갔다.

이전까지 러시아 민중에게 황제는 하느님의 대리자였다.

그렇게 숭상하던 황제가 자신들의 청원조차 들어주지 않고 무자비하게 학살한 것이다.

이날을 계기로 러시아 민중은 황제와 황실에 완전히 등을 돌렸다.

이때 발생한 노동자 파업은 전국적으로 확산되면서 수십 개의 도시가 마비되었다. 그런 파업은 10월이 되어 다시 불붙으면서 러시아 경제가 파탄지경에 이르게 되었다.

일본과 전쟁을 하던 러시아로서는 내우외환을 맞은 셈이었다. 이러한 때 찾아온 대진의 종전 제안은 어쩌면 가뭄의 단비나 다름없었다.

전비 문제로 전전긍긍하던 일본도 미국의 제안을 거부하지 못했다. 그 결과 러시아와 일본은 종전 제안을 받아들였으며 양측 대표가 부산에서 만나기로 약속했다.

12월 중순.

부산의 대한호텔 부속 건물인 영빈관은 여느 때와 달리 경비가 삼엄했다. 그런 영빈관의 주변에는 세계 각국의 기자들이 진을 치고 있었다.

그러던 기자들이 갑자기 술렁였다.

호텔 본관에서 러시아에 이어 일본 대표단이 모습을 보인 것이다.

펑! 펑! 펑! 펑!

수많은 카메라 셔터가 터졌다. 대표단들은 굳은 표정으로

위대한
항해

카메라 세례를 받으며 영빈관으로 입장했다.

영빈관은 이번 협상을 위해 내부를 개조했다. 그런 내부의 중심에는 테이블이 놓인 회의실이 있었다.

테이블은 양측 대표단이 마주 보게 놓였다. 그리고 중재하는 대진과 존 실을 위해 중앙에 별도의 테이블이 놓여 있었다.

펑! 펑!

양측 대표와 중재자가 자리에 착석했다. 이어서 기록사진사가 10여 장의 사진을 촬영했다. 참석자들은 이를 위해 잠시 포즈를 취해 주었으며 촬영이 끝나자 대진이 자리에서 일어났다.

대진은 감회가 새로웠다.

이전 시대 러일전쟁의 중재는 미국이 주도하면서 포츠머스에서 협상을 했다. 그런데 이번에는 미국이 제안했으나 자신이 협상을 주도하고 있었다.

그만큼 대한제국의 위상이 완전히 달라졌다는 뜻이었다. 대진이 그런 심정을 담고 장내를 죽 둘러봤다.

종전 협상의 시작이었다.

대진이 감사 인사를 했다.

"오늘 협상을 위해 양국이 결단해 주신 점에 대해 감사드립니다. 그러면 양국의 대표분들의 소개가 있겠습니다."

러시아 대표단원이 일어났다.

그는 능숙한 영어로 인사했다.

"먼저 이번 협상을 중재해 주신 미국과 한국에 감사드립니다. 본국의 협상 대표는 각료 평의회 의장이신 세르게이 비테 님이십니다."

그러고는 다른 사람들도 소개했다. 러시아 대표단의 소개에 이어 일본 대표단의 일원도 자리에서 일어났다.

"우리 일본도 협상을 중재해 주신 한국과 미국에 감사드립니다. 우리 일본의 협상 대표는 외상이신 고무라 주타로 님이십니다."

이어서 다른 대표단도 소개했다.

양측의 인사가 끝나고 대신이 다시 나섰다.

"지금부터 현안 토의를 진행하겠습니다. 먼저 러시아 대표이신 세르게이 비테 의장님께서 발언하시겠습니다."

세르게이 비테는 처음부터 강력하게 항의했다. 여기에 대응해 고무라 주타로 일본 대표는 유연하게 받아치면서 협상이 시작되었다.

양측은 종전을 하고 싶은 생각이 굴뚝같았다. 그럼에도 결론을 맺는 데에 시간이 많이 걸린 까닭은 북해도의 전과가 애매했기 때문이다.

일본은 자신들의 승리라고 주장했다.

그러나 마냥 그렇게 주장하기엔 10만에 가까운 병력이 희생당했음에도 아직도 러시아에는 40만이 넘는 병력과 수많은 군수물자가 남아 있는 반면, 일본은 러시아군을 몰아붙이고는 있지만 벌써 수십만의 사상자가 발생한 상황이었다.

이러다 보니 일본의 승전 주장은 전혀 먹혀들지 않았다. 당연히 배상금은 처음부터 벽에 막혀 아예 논의조차도 되지 않았다.

협상은 격렬하게 진행되었다.

이런 협상에서 대진도 존 실도 전혀 관여하지 않았다. 그렇게 협상은 시작부터 벽에 부딪혔고 양측은 같은 주장만 되풀이하는 결과가 이어졌다.

그렇게 한 달여가 되어 가는 즈음.

러시아 대표 세르게이 비테가 대진을 찾았다.

"이 후작께서 협상을 적극 중재해 주었으면 합니다."

대진이 난색을 표명했다.

"양측의 주장이 너무 첨예해서 우리 도움을 드릴 수가 없는 것 같습니다. 러시아는 일본에 어느 것도 양보할 생각이 없지 않습니까?"

비테가 처음으로 본심을 내비쳤다.

"후우! 솔직히 말씀드리면 우리 러시아는 종전을 해야만 하는 처지입니다."

"그 말씀은 양보하실 생각이 있다고 해석해도 됩니까?"

비테가 머뭇거리다가 고개를 끄덕였다.

"전부를 얻을 수 없다면 양보할 수밖에 없겠지요."

대진이 슬쩍 상황을 설명했다.

"잘 생각하셨습니다. 시간이 벌써 1월 중순입니다. 북해도가 눈의 나라라고 해도 3월이면 눈이 그치고 4월이면 병력 이동이 가능합니다. 그런 사정을 감안한다면 적어도 이달 말까지는 결론을 내리는 것이 좋지요."

비테도 인정했다.

"맞습니다. 전투가 재개된다면 이제는 어느 한쪽이 끝장 날 때까지 전투가 벌어질 겁니다."

"그러겠지요. 전투가 재개되면 일본 연합함대는 가장 먼저 아무르부터 차단할 겁니다. 그리되면 니콜라예프스키에 집결한 병력은 거의 쓸모없어질 것이고요."

대진의 말에 비테의 안색이 크게 흐려졌다. 대진은 그의 속을 더 긁을 필요가 없었기에 적절히 두둔했다.

"의장님의 말씀을 충분히 알아들었습니다. 그러나 아직 무엇을 양보하라 마라는 제안을 하지 않겠습니다. 중요한 것은 협상 상대인 일본의 의사니까요. 우선은 제가 일본 대표를 따로 만나 보고 다시 말씀드리지요."

"그렇게 하십시오."

그를 배웅한 대진은 존 실을 불러 설명했다. 존 실은 크게 기뻐하면서 일본 대표를 불렀다.

존 실이 먼저 입을 열었다.

"일본은 러시아와 종전할 의향이 있습니까?"

"있으니까 협상에 임하고 있는 거 아닙니까?"

"그런데 왜 계속 일방적인 주장만 하는 거지요?"

고무라 주타로가 항변했다.

"그거야 러시아 대표가 패전을 인정하지 않아서 그렇게 된 거 아닙니까?"

존 실이 지적했다.

"반년 가까운 기간 동안 북해도의 절반도 점령하지 못했습니다. 그런데도 일본이 승리했다고 주장하는 건 무리 아닌가요?"

"그렇지 않습니다. 우리 일본이 점령한 지역은 북해도의 요충지입니다. 남은 지역은 전부가 산지여서 사람도 거의 살고 있지 않습니다."

"그러면 지금 상태에서 휴전선을 그어서 종전해도 된다는 말입니까?"

고무라 주타로가 펄쩍 뛰었다.

"말도 안 됩니다! 다 이기고 있는 전쟁을 그대로 멈출 수는 없습니다!"

존 실이 은근히 비꼬았다.

"북해도에서 러시아를 몰아내려면 1년 이상의 시간이 필요할 터인데요. 그 시간을 일본이 감당할 수 있습니까?"

그 말에 고무라 주타로가 순간적으로 당황했다. 그는 급히 대진의 눈치를 보며 제대로 말을 하지 못했다.

"그, 그거야 귀국과 영국이 조금만 더……."

존 실이 딱 잘랐다.

"미안하지만 우리는 더 이상 귀국의 전쟁공채를 사 드릴 수가 없습니다. 영국도 마찬가지고요. 그러니 귀국이 끝까지 전쟁을 고집한다면 우리 도움 없이 러시아와 싸워야 합니다."

고무라 주타로의 안색이 하얗게 변했다. 그런 그를 보며 존 실이 한 번 더 강조했다.

"이는 영국 정부도 합의한 사항이니 구태여 확인할 필요는 없습니다."

고무라 주타로는 난감했다.

지금 상황에서 영국과 미국이 도와주지 않으면 전쟁을 제대로 진행할 수가 없다. 그렇게 되면 북해도 탈환은커녕 러시아의 역공에 오히려 북해도를 토해 내야 할 수도 있었다.

대진이 적당한 때에 나섰다.

"일본도 양보를 하시지요?"

"……우리가 무엇을 양보하란 말입니까?"

"영국도, 미국도 자국의 내부 사정으로 더 이상 귀국에 도움을 주기 어렵습니다. 그런 상황에서 일본 혼자서 전쟁을 수행하다가는 자칫 나라 자체가 파산할 수도 있습니다."

고무라 주타로가 흠칫했다.

"나라가 파산한다고요?"

"그렇습니다. 국고가 비어서 지급해야 할 자금을 집행 못하면 파산이지요. 파산은 개인이나 회사나 나라나 똑같이 발생합니다. 그리고 국가가 파산하면 그 후유증은 엄청나게 발생합니다."

존 실도 거들었다.

"국가가 파산하면 우선 국가신용도가 바닥으로 떨어지게 되지요. 그렇게 되면 채권발행은 당연히 중단될 것이며, 기존에 발행된 채권도 전면적으로 회수하려 할 겁니다. 그리고 기업은 제대로 수출도 못 하게 될 것이고요."

고무라 주타로의 안색이 탈색되었다. 두 사람의 협박 같은 설명을 들은 그는 한동안 말을 못 했다.

"······우리가 무엇을 양보하면 됩니까?"

마침내 마음의 결정을 한 듯, 고무라 주타로가 조심스럽게 묻자, 존 실 공사가 은근한 목소리로 몇 가지 발언을 했다. 처음에는 펄쩍 뛰던 고무라 주타로도 거듭되는 경고에 결국 고개를 숙일 수밖에 없었다.

세르게이 비테는 대진이 상대했다.

비테도 처음에는 난감해했다. 그러나 대진의 거듭된 설득에 비테도 결국 동의하지 않을 수 없었다.

펑! 펑! 펑! 펑!

한 달을 넘게 끌던 협상이 드디어 합의되었다. 대기하고 있던 기자들은 양측 대표가 악수하는 모습을 찍느라 정신이 없었다.

그런데 악수를 나누는 두 대표 모두 안색이 별로 좋지 않다는 것을 누구도 집어내지 못했다. 그저 2년여를 끌어온 전쟁이 종전 협상으로 끝났다는 사실에만 주목할 따름이었다.

양국 대표는 서둘러 자국으로 돌아갔다.

대진은 그들을 배웅하고는 요양으로 올라와 황궁을 찾았다. 황궁에는 수상을 비롯한 몇 사람이 기다리고 있었다.

황제가 환대했다.

"수고 많았습니다, 이 후작."

장병익도 웃으며 반겼다.

"고생 많았네. 협상을 중재하느라 연말도 제대로 쉬지를 못했어."

대진이 웃으며 대답했다.

"아닙니다. 시간이 걸렸지만 그래도 잘 마무리되어 보람이 있었습니다."

"양국 대표가 많이 아쉬워했겠네."

"그래도 러시아는 실리를, 일본은 명분을 얻어서 최악은 면한 셈이지요."

황제가 요청했다.

"협상 결과를 직접 듣고 싶네요."

"그렇게 하겠습니다."

대진이 서류를 보며 설명했다.

"일본은 전함 3척을 포함한 나포 함정 전부를 러시아에 돌려주기로 했습니다. 아울러 북해도를 돌려받는 대신 북해도

최북단인 와카나이[稚內]를 포함한 소야[宗谷] 일대를 러시아
에 넘겨주기로 했습니다."

황제가 질문했다.

"그 지역이 어디인가요?"

"소야는 본국의 사할린과 접한 지역으로 2개의 섬과 간척
을 하면 항구를 조성할 수 있는 지역입니다."

황제가 정확히 짚었다.

"러시아가 바라는 부동항을 만들 수 있는 곳이란 말이군요."

"그렇습니다. 일본은 러시아로부터 그 지역을 제외한 북
해도의 전역을 돌려받기로 했습니다."

"배상금은요?"

"배상금은 없습니다."

황제가 놀랐다.

"아니, 배상금도 받지 않고 일본이 종전 협상을 체결했다
고요?"

"그렇습니다."

장병익이 거들었다.

"그만큼 일본의 사정이 좋지 않다는 의미입니다."

대진이 말을 받았다.

"그렇습니다. 미국공사의 발언에 따르면 일본은 북해도 공
략전이 시작하면서 전쟁공채를 추가 매입해 달라는 요청을 했
다고 합니다. 그 요청을 미국과 영국이 거부하면서 일본은 몇

개월의 전쟁도 수행할 수 없는 상황에 처해 있습니다.”

황제가 크게 고개를 끄덕였다.

“그렇군요. 그래서 종전 협상에 응한 거로군요.”

“그렇습니다, 폐하.”

국방대신이 질문했다.

“러시아는 언제까지 북해도를 비워 주기로 했습니까?”

“올해 연말까지 비우기로 했습니다. 일본은 나포한 전함을 3월까지 전부 반환하기로 했고요.”

“러시아가 차지한 소야 일대에 방어선 구축도 시급하겠군요.”

“그 부분은 본국이 도움을 주기로 했습니다. 그리고 양국의 국경에는 우리처럼 4킬로미터의 비무장지대를 두기로 했습니다.”

황제가 정리했다.

“이번 전쟁은 승패가 없는 전쟁이 되겠군요.”

“그렇습니다. 하지만 일본은 내부 결속을 위해 승리를 대대적으로 선전하게 될 것입니다. 아울러 소야 지역 분할도 당분간 숨기려 할 것이고요.”

“그래야겠지요. 배상금도 받지 못한 전쟁을 승전이라고 소문내려면 그 정도는 숨겨야겠지요. 어쨌든 한 달 넘게 고생이 많았습니다.”

“황감하옵니다.”

장병익이 나섰다.

"이제 외부 문제는 정리되었으니 지금부터 내부 문제 논의에 들어가겠습니다. 이 후작."

"예, 수상 각하."

"나는 이번 3월쯤 사퇴할 생각이네."

대진이 깜짝 놀랐다.

"아니, 벌써 사퇴를 하신다고요?"

"허허! 벌써라니, 내 나이가 70이 넘었어. 거기다 수상으로 재임한 기간도 10년 세월이고."

"그래도 아직은 현역에서 충분히 활동할 연세가 아닙니까?"

장병익이 고개를 저었다.

"아니야. 이제 힘에 부쳐. 그리고 이번 러일전쟁을 계기로 국제 정세는 한층 더 복잡다단해질 수밖에 없어. 내부적으로도 지속적인 고도성장을 유지하려면 새로운 전기가 필요한 시기이고."

"그래도 아직은……."

장병익이 손을 저었다.

"아주 은퇴한다는 건 아냐. 손 의장님처럼 내각에서는 물러나지만 제국의회에서 의장으로서 나름대로 역할을 할 생각이야."

대진은 그의 생각이 확고하다는 것을 느낌으로 알았다. 그래서 강력하게 만류하지 못했다. 그러다 이어진 그의 말에 입이 벌어졌다.

"나는 내 후임에 자네를 천거했네."

대진이 순간적으로 놀라고 당황했다. 그 바람에 장병익의 말을 제대로 알아듣지 못했다.

"……아! 아니, 그게 무슨 말씀입니까? 저를 천거했다니요?"

장병익이 분명하게 강조했다.

"다시 말을 하겠네. 내가 황제 폐하께 자네를 수상에 천거했어. 그리고 그런 나의 천거를 황제 폐하께서 칙허(勅許)해 주셨네."

대진이 놀라 몸이 굳었다.

7장

황제가 나섰다.

"이 후작."

대진이 급히 몸을 숙였다.

"예, 폐하."

"많이 놀라고 당황스러울 겁니다. 하지만 수상께서는 이미 연말쯤에 퇴진 의사를 밝히셨어요. 그러면서 짐과 많은 대화를 나눴지요. 수상께서 이 후작을 수상에 천거하셨고 짐이 흔쾌히 받아들인 겁니다. 그러니 당장은 받아들이기 어려울 수도 있겠지만 이해하세요."

"하지만 저는 아직 단 한 번도 내각 경험이 없습니다. 그렇게 경험이 일천한 제가 어떻게 내각을 이끌어 나갈 수 있겠습니까?"

황제가 호탕하게 웃었다.

"하하하! 우리 대한제국에서 이 후작보고 경험이 없다고 지적할 수 있는 사람이 어디 있겠습니까?"

장병익도 거들었다.

"옳은 말씀입니다. 실무 경험은 없지만 그동안 이 후작이 이룩한 성과는 누가 감히 평가하기도 어려울 정도이지요. 그리고 이 후작은 지난 30여 년 동안 대한무역을 이끌어 오면서 세계 최고의 무역회사로 성장시킨 경험도 있습니다."

대진이 몸을 숙였다.

"대한무역이 아직 세계 최고는 아닙니다."

"무슨 말씀을, 대한무역은 종합무역상사의 체계를 갖춘 지가 오래되었잖아. 그런 바탕 위에 단순 무역부터 자원 개발까지 모든 부분에서 역량을 발휘하고 있잖아. 그러한 대한무역과 같은 기업은 아직 다른 나라에는 없는 것으로 아는데, 아닌가?"

"그건 그렇습니다. 우리나라에도 개성상회를 비롯한 몇 개의 기업만이 종합상사처럼 운영되고 있기는 합니다."

지광천도 거들었다.

"황제 폐하와 수상 각하의 말씀이 맞습니다. 제가 보기에도 이 후작이라면 충분한 역량을 갖추고 있다고 감히 말할 수 있습니다."

다른 사람도 다투어 칭찬했다. 그런 말을 들으며 대진은 잠시지만 정신을 차리지 못했다.

그러나 이내 정신을 바로 했다.

일이 시작되기 전이면 모르지만 황제의 칙허까지 받은 사안을 거부할 수는 없었다. 그리고 언젠가는 이런 날이 올 거라는 예상은 하고 있었다.

단지 너무 갑자기 닥친 것뿐이었다.

대진이 자세를 바로 했다.

"먼저 부족한 저를 높이 봐주신 수상 각하께 감사드립니다. 그리고 저의 천거를 칙허해 주신 황제 폐하께 충심으로 감읍하옵니다."

대진이 결심한 것을 알게 된 모든 사람들의 안색이 환해졌다.

"부족하지만 폐하와 나라를 위해 성심을 다하겠습니다. 하지만 잠시라도 준비할 시간을 주셨으면 합니다."

장병익이 나섰다.

"그래서 3월까지 시간을 준 것이라네. 그러니 그동안 이후작도 마음도 다스리면서 조각도 챙기도록 하게."

대진의 눈이 커졌다.

"저보고 조각까지 하라고요?"

"그래, '새 술은 새 부대에'라는 말처럼 내 사퇴에 맞춰 내각도 총사퇴를 할 거야. 그러니 참모들과 잘 협의해서 능력 있는 분들을 발탁해서 조각을 꾸미도록 해."

"하!"

생각지도 않은 짐이었다. 그러나 수상이 될 결심이 선 이상 그 정도는 헤쳐 나가야 할 과제였다.

"알겠습니다, 그렇게 하겠습니다."

황제가 호탕하게 웃었다.

"하하하! 이 후작은 잘해 낼 수 있을 겁니다."

황제가 의문을 표시했다.

"그런데 러시아에게 작지만 북해도 최북단을 잘라 준 까닭이 있습니까?"

대진이 대답했다.

"본국의 국익과 러시아와의 유대를 위해서입니다. 다른 나라는 모르지만 우리 제국은 지금까지 러시아와 긴밀한 관계를 이어 오고 있습니다. 그 때문에 영국과의 관계가 소원해졌고요."

장병익이 동조했다.

"영국은 우리와 러시아의 관계가 긴밀해진 것을 불편하게 생각하고 있습니다. 그래서 일본과 동맹을 맺고 막대한 전쟁 채권을 매입해 준 것이고요."

"그렇습니다. 일본은 영국을 대신해 러시아와 전쟁을 치렀다고 해도 과언이 아닙니다."

"일본의 국력이 약했던 것이 다행이지요."

"그렇습니다."

황제가 다시 질문했다.

"일본이 배상금을 받지 못하면서 재정에 상당한 어려움을 겪게 될 것인데 극복해 낼까요?"

대진이 자신 있게 대답했다.

"그렇게 될 것입니다. 일본은 이토 히로부미가 총독으로 있는 산둥을 무차별적으로 수탈하고 있다는 보고입니다. 산둥에는 매장된 지하자원이 많아서 일본의 진로에 큰 도움이 될 것입니다."

"산둥이 일본의 회생에 밑바탕이 된단 말이군요."

"그렇습니다. 더구나 일본은 전체 예산의 25% 이상을 국방비로 지출하고 있습니다. 그렇기 때문에 빠르게 군사력을 회복할 것입니다."

"경계를 단단히 해야겠네요."

"일본은 언제라도 경계의 끈을 늦춰서는 안 되는 나라입니다."

황제가 당부했다.

"앞으로도 잘 부탁드립니다."

"최선을 다하겠습니다."

편전을 나온 대진이 대한무역으로 넘어갔다. 회사에는 송도영과 10여 명의 간부가 대기하고 있었다.

그들과 반갑게 인사를 나눈 대진이 회의실로 자리를 옮겼다. 그리고 편전에서 일어난 일을 설명해 주었다.

송도영이 격하게 반겼다.

"축하드립니다, 언젠가 이런 날이 올 거라고 생각하고 있었는데 그날이 왔습니다."

이어서 다른 간부들도 다투어 인사했다. 그런 인사에 전부 다 답례를 한 대진이 선언했다.

"앞으로 국사에 전념해야 하는 몸이어서 더 이상 대한무역 대표를 맡을 수가 없습니다. 그래서 내 후임에 여기 있는 송도영 전무를 추천하려고 하는데 여러분의 생각은 어떻습니까?"

송도영은 대진과 처음부터 회사를 이끌어 온 사람이다. 더구나 수시로 자리를 비우는 대진을 대신해 실무를 총괄해 왔다.

이런 송도영의 대표 취임을 누구도 반대하지 않았다. 송도영도 의례적인 사양에 이어 기꺼이 받아들였다.

대진이 고마워했다.

"어려운 짐을 넘겨주게 되어 미안해."

"아닙니다. 이미 각오하고 있었습니다. 제가 잘 관리하고 있다가 유능한 후배에게 넘겨주겠습니다."

"그래, 잘 부탁해. 그리고 이번 기회에 국부펀드와 대한재단의 자산을 갖고 대대적으로 자원 개발에 투자했으면 해. 미국의 주식시장에도 투자하도록 인력을 모아 봐."

송도영이 눈을 빛냈다.

"이제부터 본격적으로 외부로 진출하는 겁니까?"

"그래. 우리의 경제 발전 속도가 예상을 훨씬 뛰어넘고 있잖아. 거기에 맞추려면 유전을 비롯한 각종 자원 개발을 서

둘러야지."

"본국의 유전은 바로 개발하지 않으실 겁니까?"

"당분간은 그대로 둘 생각이야."

"그렇다면 유전부터 개발해야 하는데 중동은 언제 시작하실 겁니까?"

"중동도의 유전은 30년대에 개발할 생각을 하고 있어. 그리고 중동의 유전 개발은 쿠웨이트와 바스라 지역을 먼저 시작할 생각이야."

"그리되면 쿠웨이트의 위상을 너무 높여 주는 것 아닌가요?"

대진이 고개를 저었다.

"그렇지 않아. 쿠웨이트는 보호령이 되면서 자국 영토의 자원 개발을 전부 우리에게 일임해 주었어. 그 대가로 20%의 수익을 받아 가기로 했지. 그것만 해도 엄청난 수익이 될 거야. 그리고 토후는 수익이 많아질수록 국방을 책임지고 있는 우리에게 더 의지할 수밖에 없어."

송도영이 바로 알아들었다.

"힘이 없는 사람에게 보물은 재앙이지요."

"그렇지."

"영국이 탐낼 수도 있지 않겠습니까?"

대진이 고개를 저었다.

"이미 우리의 보호령이 된 쿠웨이트야. 오스만도 묵시적으로 인정한 상황이고. 더구나 대대 병력까지 주둔해 있는 쿠웨이트에 공작을 펼친다는 것은…….”

누군가 대답했다.

“우리와 전쟁을 하겠다는 의미입니다.”

“그래, 다른 지역은 모르지만 중동, 특히 우리 영토가 있는 주변에서는 영국도 함부로 할 수가 없어. 만일 탐욕을 부린다면 전면전을 각오해야 하는데 우리와 엮인 것이 많은 영국이 그런 위험을 감수할 수는 없어.”

송도영이 감탄했다.

“그렇군요. 이제 와서 생각해 보니 후작님께서는 이런 경우를 다 예상하고 일을 추진해 오신 거로군요.”

대진이 웃음으로 대답했다.

“하하! 그리고 바스라 일대의 유전을 먼저 개발하려는 것은 무력해지는 오스만 때문이야. 이대로라면 영국을 비롯한 서양 제국의 공세를 버티지 못하고 내부에서 무너질 수밖에 없어.”

송도영이 우려했다.

“내부 문제가 많은 오스만에 생각지도 않은 자금이 들어간다면 그게 오히려 더 문제가 되지 않겠습니까?”

대진도 확신은 못 했다.

“솔직히 어떻게 될지는 장담할 수는 없어. 하지만 이전처럼 무력하게 무너지지는 않을 거라는 기대를 할 뿐이야.”

“어쨌든 오스만과의 관계가 어느 나라보다 좋으니 추진하는 데에도 문제는 없겠습니다."

"그래, 그래서 올 하반기에 협상을 시작해서 내년부터는 본격적인 채굴을 시작할 계획이야."

"알겠습니다. 거기에 맞춰 대한석유, 석유공사와 협의해 놓겠습니다."

"다른 지하자원은 몽골과 러시아부터 손대도록 하자. 러시아는 특히 천연가스가 풍부해서 많은 도움이 될 거야. 그리고 동남아시아와 아프리카로 발을 넓혀 나갈 수 있도록 준비해 두도록 해."

"예, 후작님."

대진은 간부들과 많은 대화를 나눴다.

그러한 대화의 상당 부분은 대진의 당부와 주문이었다. 그럼에도 간부들은 누구 한 사람 불편하게 생각하지 않았다.

다음 날부터 대진은 내각의 조각을 위한 인선에 착수했다. 이를 위해 내각은 물론 정보 조직과 주변의 다양한 도움을 받았다.

철저하게 검증했다.

짧게는 몇 년, 길게는 10년 이상을 함께해야 하는 내각이다. 그래서 가장 먼저 그리고 중점적으로 비리 조사부터 했다.

대한제국은 공직자 비리에는 철저했다.

작은 비리도 절대 용서하지 않았다. 그 바람에 개혁 초기에는 엄청난 사람이 옷을 벗거나 실형까지 살아야 했다.

그런 시간이 30년이 지나면서 놀라울 정도로 대부분의 관리들은 깨끗했다. 그러나 일부는 아직도 미몽에서 헤어나지 못하고 있었다.

그중 몇은 너무도 아까운 인물도 있었다. 그러나 대진은 과감히 그런 자들을 정리해 처벌했다.

이 조치로 관가(官家)가 한때 급속히 냉각되기도 했다. 그러다 새로운 조각을 위한 조사에서 비리가 밝혀졌다는 소문에 모두들 안도했다.

그러면서 누가 발탁되는지에 대해 엄청난 관심이 쏠렸다. 그 바람에 자천타천으로 발탁이 거론된 인사들은 알아서 한껏 몸조심하기도 했다.

그런 3월 하순.

드디어 대진이 수상에 취임했다.

황제는 주로 황궁 별궁에서 정무를 봤다. 그러나 이날만큼은 요양 황궁의 정전에서 수상이·취임식을 직접 주제했다.

황제는 사퇴하는 장병익에게 공작의 작위를 수여했다. 그러고는 대한제국 최고훈장인 금척대훈장(金尺大綬章)을 서훈하며 그동안의 노고를 치하했다.

이어서 대진에게 임명장을 수여했다.

"앞으로 나라를 잘 이끌어 주기 바랍니다."

"황실과 나라의 안녕을 위해 성심을 다하겠습니다."

"제국신민 사천오백만의 미래가 수상께 달려 있습니다. 지금까지도 잘해 왔지만 앞으로도 잘 부탁드립니다."

대한제국은 개혁과 동시에 대대적인 인구 증가 정책을 실시했다. 그러면서 도입된 위생과 각종 보건 정책 덕분에 인구는 급속하게 늘어났다.

여기에 북방 고토를 수복하면서 수백만의 한족과 만주, 몽골족 등이 편입되었다. 그리고 중동도의 수십만까지 편입되면서 이제는 오천만의 인구를 앞둔 나라가 되어 있었다.

펑! 펑!

황궁 기록사진사의 플래시가 터졌다.

이어서 정전 앞 계단에서 취임 기념사진 촬영도 했다. 기념사진 촬영을 마치고 황제가 주관하는 어전회의가 열렸다.

대진이 수상이 된 이후 첫 어전회의였다.

대진의 수상 취임은 일종의 세대교체나 다름없었다.

30년이 넘는 동안 대부분의 원로들은 은퇴를 하였으며 일부는 사망하기도 했다.

그래도 많은 선배들이 남아 있었는데, 이때를 기점으로 대부분이 2선으로 퇴진했다. 물론 과학이나 학문 계통에는 아직도 노익장을 과시하는 사람들이 많았다.

대진은 군은 최고의 지휘관들은 그대로 두어서 명령체계가 흔들리지 않게 했다. 대만과 유구를 비롯한 해양영토 총독은 군 출신 원로를 예우해서 임명했다.

대진의 배려에 선배들은 크게 반겼다.

신진 관료들은 대대적으로 발탁했다. 특히 개혁과 함께 성장해 온 개화파 인사들이 대거 내각 전면에 이름을 올리게 했다.

지금까지는 국가가 주도적으로 경제 발전을 추진했다. 기반 시설이나 기술이 없는 상황이었기에 그렇게 할 수밖에 없었다.

그렇게 20여 년의 시간이 흐르면서 기본적인 바탕을 구축할 수 있었다. 이후 집권한 장병익은 기업활동을 최대한 권장하는 정책을 추진했다.

덕분에 수많은 기업이 새로 탄생하고 성장할 수 있었다. 그 결과 지난 10여 년 동안 대한제국은 고도성장을 구가할 수 있었다.

대진은 이러한 국가 기반을 바탕으로 새로운 비상을 계획했다. 미래 지식을 최대한 현실에 접목해 진정한 선진국으로 만들고 싶었다.

그러기 위해서는 최강의 군사력과 최고의 기술력을 보유한 나라가 되어야 한다. 대진은 이러한 계획의 실현을 위해 열정적으로 정무에 임했다.

이런 대진의 추진력은 내각을 열정적으로 만들었다. 덕분에 나라 전체의 역동성이 커지면서 대한제국은 높은 성장세를 구가할 수 있었다.

이러한 시간이 2년여가 지나면서 대한제국의 위상은 더한층 높아졌다.

그러나 이러한 대한제국과 달리 청국은 하루가 다르게 쇠잔해져 갔다.

청나라는 의화단의 난 이후 거의 서양 식민지로 전락했다.

특히 산둥을 장악한 일본은 자국 경제를 부흥시키기 위해 혹독한 수탈 정책을 펼쳤다. 그 결과 원주민들은 자신이 지은 쌀조차 먹지 못할 정도가 되면서 수시로 폭동이 발생했다.

일본은 폭동을 무자비하게 진압했다.

그 결과 원주민들이 대거 산둥을 이탈하면서 대륙 전체가 술렁였다. 그럼에도 일본은 조금도 수탈의 강도를 늦추지 않았다.

이런 상황이 이어지자 북경에서는 청국을 비판하는 시위가 수시로 발생했다. 청국은 이런 시위도 제대로 진압하지 못하면서 국가 위상은 갈수록 추락했다.

대진은 청국 동향 보고를 받았다.

대한제국은 항상 청국을 가상적국으로 상정하여 늘 경계의 수위를 늦추지 않았다. 그래서 공사관에서 10여 명의 정보 담당 직원이 상주할 정도로 청국의 움직임에 늘 촉각을 곤두세우고 있었다.

그러한 청국에서 이상기류를 감지한 것은 1908년 11월 중순이었다. 감지된 정보는 즉각 대진에게 보고되었다.

"광서제가 죽었다고요?"

국정원장이 보고했다.

"그렇습니다. 의화단의 난 이후 별궁에 유폐되었던 광서제가 급사했다고 합니다. 그럼에도 대외적으로는 황제의 서거 소식이 알려지지 않고 있습니다."

대진이 대번에 알아들었다.

"음모가 있다는 말이군요."

"유폐는 되었지만 황제는 건강했습니다. 그런 황제가 급서한 것은 독살되었을 가능성이 높습니다. 그리고 저희들이 파악한 바로는 황제의 독살을 원세개가 주도한 것으로 보입니다."

대진이 놀랐다.

"원세개가 황제를 독살할 이유가 있나요?"

"황제가 추진하던 무술정변을 밀고한 것이 원세개입니다. 그래서 광서제가 그를 증오하고 있었고요. 그런 원세개의 입장에서는 병석에 누워 있는 서태후의 사후가 걱정되었을 것입니다."

대진이 고개를 끄덕였다.

"자신의 안위를 위해 황제를 독살한 것이군요."

"그렇습니다."

"대륙 정세가 급변하겠군요. 늙으면서 탐욕만 늘어난 서태후가 이런 기회를 그냥 두고 보지 않을 것이고요."

"그렇습니다."

이 말이 끝나기 무섭게 비서가 들어왔다.

"수상 각하! 북경에서의 급보입니다!"

대진이 전문을 받아 읽었다.

"서태후가 3살짜리 황제를 옹립했군요. 섭정으로 자신과 가까운 순친왕(醇親王) 재풍이 임명되었다고 하네요."

국정원장이 탄식했다.

"아아! 서태후가 최악의 선택을 했습니다. 지금의 청국에서는 무엇보다 황권이 튼튼해야 하는데 말입니다."

대진이 씁쓸해했다.

"죽어 가면서도 놓기 싫은 것이 권력인가 봅니다. 그녀는 자신이 병상을 훌훌 털고 일어날 거라고 생각하나 보네요."

그리고 다음 날.

청국에서 또다시 급전이 날아왔다.

대진이 급히 어전회의를 소집했다.

"폐하! 서태후가 급서했다는 보고입니다!"

편전이 순간 술렁였다.

황제가 놀라 반문했다.

"청국 황제가 어제 급서했다고 들었는데 오늘은 서태후까지 급서했다고요?"

"향년 72세로 자금성 옆 중남해의 의란전에서 서거했다는 보고입니다."

황제의 안색이 굳어졌다.

"잘못이 많기는 했어도 서태후는 30여 년 동안 청국을 이끌어 왔습니다. 그런 서태후마저 급서했다면 청국 정세가 요동을 치겠군요."

"격랑에 휘말릴 가능성이 높습니다."

외무대신 유길준이 건의했다.

"청국에는 안타까운 일이나 국경을 맞대고 있는 본국으로서는 좋은 기회라고 할 수 있습니다. 저는 이번 기회를 대륙 분할 계획에 적극 활용했으면 합니다."

국방대신도 적극 동조했다.

"맞는 말씀입니다. 대륙은 강성해지면 언제나 북방으로 눈을 돌려 왔습니다. 그 바람에 고구려가 망했고 발해까지 무력하게 무너졌습니다. 그런 전철을 다시 밟지 않기 위해서라도 이번 기회를 적극 활용해야 합니다."

모든 대신들이 여기에 찬성했다. 여느 때 같으면 신중하게 접근했을 황제도 적극 동조했다.

"짐도 본국의 안전을 위해 공작이 필요할 때라고 생각되네요."

대진도 적극 응했다.

"폐하께서 하교하셨으니 당연히 따라야지요. 담당 부서와 협의해서 본국이 추구하는 대륙 분할을 위해 적극적으로 대처해 나가겠습니다."

"잘 부탁합니다."

수상 집무실로 돌아온 대진은 핵심 관계자들을 따로 불렀
다. 그리고 한동안 머리를 맞대고 향후 대책을 논의했다.

얼마 후.

대진에게 청국에서 초청장이 날아들었다. 새로운 황제의
즉위식에 참석을 요청하는 초청장이었다.

대진은 즉각 초대에 응했다. 그는 경호원을 대동하고 즉위
식 이틀 전 북경으로 건너갔다.

북경에는 서양 각국 대표들이 대륙종단철도를 타고 대거
모여들었다.

대한제국공사관은 북경 내성 동교민항에 있다. 공사관은
중대 병력이 주둔하고 있는 병영까지 해서 꽤 넓은 부지를
차지하고 있었다.

대진이 도착했다는 소식에 각국 대표들이 대한제국공사관
을 대거 방문했다. 그만큼 대한제국의 국가 위상이 높아졌다
는 의미였다.

이 중에는 러시아 대표도 있었다.

러시아 대표는 전직 총리인 세르게이 비테로 러일전쟁 종
전 협상 대표여서 대진과 인연이 있었다.

비테가 영어로 인사했다.

"오랜만에 뵙습니다."

대진도 그를 환대했다.

"오랜만에 뵙습니다, 총리님."

비테가 너털웃음을 터트렸다.

"하하하! 총리에서 퇴임한 지가 벌써 2년입니다. 그러니 그냥 백작으로 불러 주십시오."

"아! 그렇지요. 러일전쟁 협상이 끝나고 백작으로 서임되었다는 말은 들었습니다. 늦었지만 축하드립니다."

"모두가 수상 각하께서 중재를 잘해 주신 덕분입니다. 각하의 도움으로 배상금도 물지 않고 소야도 얻을 수 있었습니다. 본국의 차르께서는 지금도 수상 각하의 중재에 대해 고맙다는 말씀을 자주 하십니다."

"좋게 생각해 주셔서 감사합니다."

비테가 정색을 했다.

"이번에 즉위한 청국 황제가 3살이라고 하던데요. 그렇게 어린 황제가 즉위하게 되면 청국 내정이 혼란스러워지지 않겠습니까?"

대진도 솔직한 심정을 밝혔다.

"우리도 그 때문에 청국 상황을 예의 주시하는 중입니다."

비테가 본론을 꺼냈다.

"수상 각하의 도움으로 북해도 북부에 둥지를 틀 수는 있었습니다. 하지만 그것만으로는 부족해서 이번에 본국이 청국 정부와 협상해서 조차지를 얻으려고 하는데 귀국이 도움을 주셨으면 합니다."

예상 못 한 발언이었다. 그러나 북해도를 일본에 넘겨준 러시아의 입장에서는 충분히 시도해 볼 만한 일이었다.

"안타깝지만 우리가 대놓고 도움을 드릴 수는 없습니다. 그렇지만 귀국이 조차지를 얻는 부분에 대해 반대하지는 않겠습니다."

비테가 반색했다.

"귀국이 반대하지 않는 것만으로도 고마운 일입니다."

"하지만 다른 나라들이 가만있겠습니까? 특히 청국에 대한 기득권이 많은 영국이 쉽게 동의하지 않을 것 같은데요."

비테가 고개를 저었다.

"그 부분은 조금도 걱정하지 않아도 됩니다. 본국이 북해도를 넘겨줄 수밖에 없었던 원인 중 하나가 영국이 일본의 전쟁채권을 사 준 일입니다. 그런 원죄가 있는 영국이 우리의 청국 진출을 대놓고 반대하지 못할 겁니다."

"하긴, 유럽 강국 중에서 청국 해안 지역에 조차지가 없는 나라는 귀국이 유일하네요."

"예, 그렇습니다."

"어디를 염두에 두고 있습니까?"

"상해의 아래에 있는 주산군도(舟山群島)를 생각하고 있습니다."

"본토가 아닌 섬을 택했네요."

"그래야 타국의 견제를 최소화할 수 있으니까요. 그리고 지난 러일전쟁에서 석탄 보급기지를 보유하지 못한 것이 뼈

저려서 일부러 주산군도를 택한 것입니다."

대진이 동조했다.

"맞습니다. 그때 귀국 전용 기지만 있었어도 안타까운 일이 일어나지는 않았겠지요. 그런데 바로 앞에 영파(寧波)가 개항장이어서 문제네요."

"그 정도의 난관은 이겨 내야지요."

"하긴, 청국 해안의 주요 항구 중에 개항장이 아닌 곳을 찾기가 더 어렵기는 하지요."

"그렇습니다. 솔직히 상해 앞에 있는 섬을 얻고 싶기도 합니다. 그러나 그 섬은 장강 하구 요지여서 영국이 결사반대할 거라서 생각을 바꾼 것입니다."

대진이 동조했다.

"잘 생각했습니다. 지난해 그 섬을 우리가 매입하려고 시도했는데 영국이 결사반대했습니다. 그래서 어쩔 수 없이 지금의 상해 한국관의 주변 부지를 매입해서 영역을 넓힐 수밖에 없었습니다."

"그런 일이 있었군요."

대진이 정리했다.

"어쨌든 우리로서는 귀국의 주산군도의 조차에 반대하지 않습니다. 그러니 청국과 협상을 잘하셔서 좋은 결과가 있기를 바랍니다."

"감사합니다. 최선을 다해 좋은 결과를 얻어 보겠습니다."

두 사람이 웃으며 굳게 악수했다.

즉위식 당일.

대진이 자금성으로 들어갔다. 자금성은 근래 들어 두 번에
걸쳐 엄청난 환란을 겪었다.

대한제국과의 전쟁과 의화단의 난 때 연합군에 의해서였
다. 이렇듯 두 번의 환란을 겪었음에도 자금성은 외양은 여
전히 웅장했다.

즉위식은 자금성 정전인 태화전의 앞뜰에서 거행되었다.
청국은 기울어져 가는 국운을 감추기라도 하려는 듯 즉위식
에 막대한 자금을 투입했다.

덕분에 즉위식은 절로 감탄이 나올 정도로 화려하고 웅장
했다. 즉위식을 바라보는 외빈들은 겉으로는 놀랍다는 표정
을 지었다.

그러나 내심으로는 하나같이 무너지는 왕조의 마지막을
보고 있는 기분들이었다. 대진도 이런 마음은 똑같아서 안쓰
럽고 착잡한 생각 때문에 내내 마음이 좋지 않았다.

즉위식에 참석하고 공사관으로 돌아온 대진에게 의외의
면담 요청이 기다리고 있었다.

8장

대진이 반문했다.

"지금 누가 면담 요청을 했다고?"

비서가 보고했다.

"군기대신 원세개입니다."

이 무렵 원세개는 북양대신과 직례총독에서 물러나 명예 직이나 다름없는 군기대신이었다.

"원세개가 나를 만나겠다니 무슨 일이지? 그와의 접점은 아주 오래전에 잠깐 본 게 고작인데."

이러던 대진이 결정했다.

"좋아. 몇 년만 지나면 대륙을 뒤흔들 인물이니 만나지 않을 까닭이 없지. 만나겠다고 연락을 해."

"예, 각하."

이날 저녁.
원세개가 대진을 찾았다. 그는 대진을 보자마자 두 손을 모으고는 공손이 인사했다.
"오랜만에 뵙습니다, 총리대신."
대진도 화답했다.
"그러네요. 정말 오랜만이네요. 우선 앉으시지요."
"감사합니다."
원세개가 자리에 앉자 차가 나왔다. 두 사람은 차를 마시며 잠시 한담을 나눴다.
대진이 먼저 본론으로 들어갔다.
"오늘은 무슨 일로 저를 찾으신 겁니까?"
원세개가 두 손을 모았다.
"대인의 도움을 받고자 해서 이렇게 찾아뵈었습니다."
"제가 도움을 드릴 일이 있나요?"
원세개가 한숨을 내쉬었다.
"후! 이번에 섭정이 된 순친왕 전하와 저는 본래부터 사이가 좋지 않습니다. 그런 순친왕께서 저를 이대로 두고 보지 않을 것이 분명합니다."
"그대로 두고 보지 않는다면 위해라도 가하려 한단 말씀입니까?"

"……사실 얼마 전에는 저를 은밀히 죽이려는 모의까지 있었던 것으로 압니다."

대진은 기가 찼다.

"허어, 놀랍군요. 섭정이 된 지 얼마라고 북양군벌의 태두인 원 대인을 암살하려 합니까? 북양군이 없으면 청국은 그야말로 오합지졸뿐인 나라가 되는데요."

원세개가 급히 손을 저었다.

"북양군벌의 태두라니요. 천부당만부당입니다."

"하하! 그렇지 않습니다. 청국에서 그래도 군대라고 칭할 수 있는 병력은 원 대인이 육성한 신군(新軍)이 주력인 북양군이 유일하지요. 북양군에는 무엇보다 유능한 장군들이 많고요. 그 정도면 군벌이라고 불러도 하등 이상하지 않습니다."

원세개가 두 손을 모았다.

"좋게 봐주셔서 감사합니다. 대인의 말씀대로 북양군에는 장수들이 구름처럼 많지요. 하지만 만주족 귀족들의 견제로 저는 이제 북양군의 지도자가 아닙니다."

"그렇지 않습니다. 잠깐 자리를 비운 것일 뿐이지요. 북양군은 누가 뭐라고 해도 돌아가신 이홍장 대인의 유지를 이어받은 원 대인의 군대입니다."

"감사합니다."

원세개의 표정이 흐려졌다.

"그런데 새로운 황제가 등극하시면서 저의 거취가 문제가 될 것 같네요."

"퇴진 압력을 받은 것입니까?"

원세개가 숨기지 않았다.

"그렇습니다. 섭정 전하의 측근이 어제 저를 찾아와 모든 공직을 사퇴하고 물러나라하네요. 그러지 않으면 그동안의 잘못을 모조리 들춰낼 수밖에 없다는 경고를 하면서요."

원세개가 고개를 번쩍 들었다.

"수상 대인, 송구하지만 귀국이 본국 정부에 영향력을 발휘해 주실 수는 없겠습니까? 만일 대인께서 저를 도와주신다면 반드시 결초보은하겠습니다."

당장은 끈 떨어진 갓 신세다.

그러나 원세개가 곧 권토중래한다는 사실을 잘 알고 있었다. 하지만 정권이 바뀌면서 모든 권력을 한 손에 움켜쥔 순친왕과 맞설 수는 없었다.

대진이 고개를 저었다.

"안타깝지만 지금은 어렵겠네요. 새로운 황제가 즉위하고 섭정인 순친왕이 정국을 장악했습니다. 그런 상황에서 우리가 나선다면 순친왕은 당연히 내정간섭을 이유로 들면서 강력하게 반발할 것입니다. 그렇게 되면 오히려 제가 나서지 않은 것만도 못한 꼴이 됩니다."

원세개가 한숨을 내쉬었다.

"후! 역시 그렇겠지요?"

"예, 그러니 당분간은 은인자중하는 것이 좋습니다. 그렇다고 해도 북양군벌에 대한 대인의 영향력은 절대 없어지지 않을 겁니다."

"하지만 낙향하게 되면 섭정은 수단 방법을 가리지 않고 북양군의 결속을 흩트리려 할 겁니다."

"그게 걱정이면 천진조계로 내려가세요. 천진조계에 있으면 청국 정부도 어찌할 수 없지 않습니까?"

그 말에 원세개의 안색이 환해졌다.

"아! 그렇게 하면 되겠군요."

"그리고 천진의 본국 영사관에 담당자를 지정해 놓을 터이니 경비가 필요하면 언제라도 요청하고요. 지금 같은 격동의 시기에는 대인의 주머니가 든든해야 좋습니다."

원세개가 두 손을 잡고 흔들었다.

"감사합니다. 제가 권토중래하게 되면 반드시 이 은혜를 갚겠습니다."

대진이 슬쩍 제안했다.

"본국에는 장교들을 교육시키는 국방대학원이 있습니다. 그러니 북양군의 장교 중에서 능력이 뛰어난 자들을 선발해 본국으로 유학을 보내세요. 그렇게 하면 대인의 영향력은 더 강력해질 겁니다."

원세개가 크게 기뻐했다.

"정말 감사합니다. 그렇지 않아도 우리 청군에는 귀국에 유학해서 선진 지식을 배워 오고 싶다는 장교들이 많습니다. 아마도 그들이 대인의 말씀을 전해 들으면 누구보다 기뻐할 것입니다."

대진이 은근히 주의를 주었다.

"그리고 일본을 경계해야 합니다."

원세개가 흠칫했다.

"일본이 무슨 모략이라도 꾸미고 있다는 말씀입니까?"

"일본은 러일전쟁에서 별다른 소득을 얻지 못했습니다. 그러면서 막대한 전비를 투입했고요. 이런 일본으로선 어디에선가 만회할 곳을 찾아야 하는 입장입니다."

"그런 일본에게 우리 청국은 공략하기 쉬운 대상이고요."

"그렇습니다. 산둥은 토질이 비옥해서 물산이 풍부한 지역입니다. 그런 산둥에서 얼마나 극심하게 착취를 자행하고 있으면 원주민들이 계속 빠져나오고 있겠습니까?"

원세개가 이를 부득 갈았다.

"간악한 놈들입니다. 산둥같이 물산이 풍부한 곳에서 아사자가 나올 정도로 수탈해 갈 줄 몰랐습니다."

"그렇지요. 문제는 일본이 대륙으로 세력을 뻗었을 때입니다. 일본이 지금까지는 내부를 수습하고 러일전쟁의 여파를 가라앉히느라 전력을 기울여 왔습니다. 그런 일본이 총구를 돌리면 청국이 막아 내기 어렵지 않겠습니까?"

원세개가 절로 한숨을 내쉬었다.

"하아! 솔직히 만만치 않을 것 같습니다. 북양군도 직례에 있어서 산동 이남까지 힘이 제대로 미치지 않고 있습니다."

대진이 조언했다.

"그래서 드리는 말씀인데, 대인과 가까운 각 지역의 총독들에게 병력 양성을 적극 권하세요. 그러지 않고 손을 놓고 있다가는 일본에 뒤통수를 세게 맞을 수 있습니다."

대진의 조언에 원세개의 안색이 심각해졌다. 그는 한동안 대답을 하지 못하고 고심을 거듭했다.

"……지금 같은 상황에서 지방군을 대대적으로 육성하는 것이 과연 옳은 일일까요?"

"그렇다고 위협이 바로 옆에 있는데 손을 놓고 있을 수만은 없지 않겠습니까?"

원세개가 또 고심했다. 그러나 결국 고개를 끄덕였다.

"알겠습니다. 전부는 아니더라도 몇 개 성의 총독들에게 은밀히 사람을 보내도록 하겠습니다."

"잘 결정하셨습니다."

대진의 제안에는 대한제국의 심모원려가 숨겨져 있었다.

대한제국의 입장에서는 대륙이 분열되는 것이 좋았다.

그러기 위해서는 각 지역의 총독이 병력을 양성해 군벌로 성장해야 한다. 그러나 아직은 별다른 명분이 없어서 총독들이 군사력을 배양하지 않고 있었다.

대진의 조언을 들은 원세개는 곧바로 모든 공직에서 물러났다. 그리고 기차를 타고 천진으로 내려가 조계에 자리를 잡은 뒤 각 성으로 밀사를 파견해 일본에 대비하도록 조언하고, 북양군의 단기서(段祺瑞)를 비롯한 풍국장(馮國璋)과 왕사진(王士珍)을 은밀히 천진으로 불렀다.

이들 세 사람은 원세개의 핵심 측근들로 각각 북양군의 요직을 차지하고 있었다.

"어서들 오시게."

단기서가 안타까운 표정을 지었다.

"대인, 어떻게 몸은 괜찮습니까?"

원세개가 두 팔을 벌렸다.

"보다시피 아무 이상이 없네."

풍국장이 이를 갈았다.

"으득! 아무리 섭정이라지만 순친왕의 행태가 너무도 안하무인입니다. 다른 사람도 아닌 대인을 어떻게 강제로 은퇴시킨단 말입니까?"

원세개도 아쉬운 표정을 감추지 않았다. 그러나 그는 이내 표정을 담담히 하며 생각을 밝혔다.

"소나기가 내리면 가던 걸음을 멈추고 비를 피해야 해. 그러지 않고 걷다가는 온몸이 비에 젖을 수밖에 없잖아."

왕사진도 나섰다.

"대인, 언제까지 물러나 계셔야 하는 겁니까?"

원세개가 대답했다.

"길어 봐야 2~3년이겠지. 여러분도 알고 있겠지만 나라사정이 뒤숭숭하잖아."

단기서가 동조했다.

"맞습니다. 열강의 침탈이 나날이 강화되고, 신민들은 조정에 대한 불만이 갈수록 높아지고 있는 상황입니다."

"조정이 이번을 기회로 강력하게 개혁을 추진해야 해. 그러지 않으면 불원간 엄청난 일이 일어날 거야. 그렇게 되면 어쩔 수 없이 우리 북양군이 동원되어야 할 거야."

풍국장이 대번에 나섰다.

"대인께서 복직하지 않는 한 우리는 절대 병력을 움직이지 않을 것입니다."

단기서와 왕사진도 적극 동조했다. 세 사람의 말을 들은 원세개의 표정이 환해졌다.

"고마운 말이야. 여러분의 결기만 있으면 나의 복직은 어렵지 않아. 그보다 오늘 여러분을 오라고 한 것은 다른 이유가 있어서야."

원세개가 대진과의 만남을 설명했다.

"……한국 총리대신의 배려로 우리 북양군의 청년 장교들을 대거 유학을 보낼 수 있게 되었어. 그래서 여러분과 그 문제를 상의하려는 거야."

단기서가 격하게 반겼다.

"아주 좋은 기회입니다. 갈 수만 있다면 저도 가서 선진 군사교육을 받고 싶을 정도입니다."

풍국장도 적극 나섰다.

"젊은 장교들이 이 말을 들으면 아주 좋아할 것입니다. 더불어서 대인에 대한 충성심은 더 깊어질 것이고요."

그러나 왕사진만은 의구심을 가졌다.

"한국으로의 유학은 우리 군의 군사력을 배양시킬 절호의 기회인 점은 분명합니다. 그런데 지금까지 우리와의 군사 교류를 철저하게 지양해 왔던 한국이 의외입니다. 혹시 우리가 모르는 복선이 있는 것은 아닐까요?"

원세개가 고개를 저었다.

"아니야. 일본 때문에 그런 결정을 한 거야."

"예? 일본이라고요?"

"그래, 한국은 일본을 가장 경계해. 그래서 산동의 일본이 세력을 확장하는 것을 절대 바라지 않아."

왕사진이 탄성을 터트렸다.

"아! 그렇군요! 우리를 지원해서 일본의 확장을 막으려는 거로군요."

"그래, 한국의 총리대신을 만났을 때 당장은 아니더라도 일본과의 충돌이 발생하면 물자 지원도 가능하다는 느낌을 받았어."

왕사진이 적극적으로 바뀌었다.

"그렇다면 한국과 적극 교류를 해야지요. 대인, 인원은 얼마나 선발을 해야 합니까?"

"1기수별로 50명씩은 받아 준다고 했어."

세 사람이 깜짝 놀랐다.

풍국장이 나섰다.

"그렇게나 많은 숫자를 받아 준다고요?"

"그래, 50명이 결코 적은 숫자가 아니라는 것은 알고 있겠지?"

"적은 숫자라니요. 엄청난 숫자이지요. 한 해에 50명이면 몇 년만 지나도 수백 명입니다. 그러면 우리군의 역량은 지금보다 월등해집니다."

"그렇지. 그렇게 되면 우리 북양군의 위세를 누구도 당해낼 수가 없게 돼. 그러면."

원세개가 주먹을 움켜쥐었다.

"지금과 같은 치욕은 두 번 다시 겪을 필요가 없어. 아울러 조정도 이 손아귀에 움켜쥘 수 있을 거야."

결의를 다지는 원세개의 눈이 더없이 빛났다. 그런 원세개의 옆에 있는 3명도 기대감에 절로 주먹에 힘이 들어갔다.

대진은 바로 귀국하지 못했다.

새로운 황제가 즉위하면서 감국섭정왕(監國攝政王)이 된 순친왕의 면담 요청 때문이었다.

순친왕이 측근 몇 명과 호위병을 대동하고 공사관을 방문했다. 미리 연락을 받은 대진이 본관 현관에서 그를 맞았다.

"어서 오십시오."

25살의 순친왕이 정중히 두 손을 모았다.

"처음 뵙겠습니다. 이번에 감국섭정왕이 된 재풍입니다."

"섭정이 되셨음을 하례드립니다."

"감사합니다."

대진이 그를 접견실로 안내했다.

"섭정 전하께서 만나자는 연락이 와서 놀랐습니다."

순친왕이 두 손을 모았다.

"총리께서 저의 면담 요청을 흔쾌히 받아 주셔서 오히려 감사드립니다."

대진은 의아한 생각이 들었다.

청국 황족들은 한청전쟁의 패배를 치욕으로 여기고 있었다. 그런 까닭에 대한제국과 관련된 일이 발생하면 하나같이 뒤로 물러섰다.

그 때문에 지금까지 청국 고위 황족을 개별적으로 만난 일이 없었다. 그런데 순친왕은 지금까지 알고 있던 청국 황족의 태도가 아니었다.

'놀랍구나. 서태후가 없는 청국에서 섭정왕은 최고의 권력자다. 아무리 나이가 어리다지만 청국의 섭정이 이렇게 쉽게

허리를 숙이다니.'

의문은 들었지만 먼저 내민 손을 뿌리칠 필요까지는 없었다. 대진도 두 손을 모으면서 화답했다.

"양국의 오랜 교류를 생각하면 당연히 없는 시간도 내드려야지요."

"감사합니다."

"그런데 따로 하실 말씀이 있는 겁니까?"

"그렇습니다."

순친왕이 대진을 바라보며 부탁했다.

"본국은 아직까지도 과거의 법제에서 벗어나지 못하고 있습니다. 그래서 이번에 황상의 즉위와 때를 같이해 헌법부터 제정을 하려고 합니다."

대진이 크게 고개를 끄덕였다.

"아주 좋은 생각이군요. 나라를 개혁하려면 우선 적으로 필요한 것이 헌법제정이지요."

"그렇습니다. 그래서 귀국의 헌법을 참고하려고 하는데 그에 대한 도움을 받았으면 합니다."

대진이 두말하지 않았다.

"당연히 도와드려야지요. 그런데 제가 알기로 청국은 헌법제정을 위한 준비를 꽤 오래 해 온 것으로 아는데요."

"맞습니다. 러일전쟁이 끝나고 서양 각국에 사신을 파견해 각국의 헌법을 연구해 왔습니다. 그러나 본국과 맞지 않은 조항이 많아 지금까지 미뤄 오고 있었습니다."

"그렇군요. 필요하다면 우리나라 헌법 학자를 지원해 드리지요. 그런데 본국의 헌법은 신민들에 대한 권리 보장이 강력한데 괜찮겠습니까?"

순친왕이 굳은 표정을 지었다.

"물론입니다. 그렇지 않아도 황실 종친과 내각 대신 중에서 그 부분을 문제 삼는 분들도 많습니다. 그러나 그런 헌법을 바탕으로 나라를 발전하는 귀국을 보면서 다짐했습니다. 우리 청국도 귀국과 같이 발전한 나라를 만들고 싶다고요."

"오!"

대진의 비서가 탄성을 터트렸다. 모두의 시선이 쏠리자 비서가 급히 몸을 숙였다.

"죄송합니다."

대진이 질문했다.

"왜 놀랐지?"

비서가 주저하다 대답했다.

"청국의 섭정께서 총리님께 도움을 청하시는 것을 보고 놀라서 저도 모르게 실수했습니다."

"격세지감이 느껴져서 그래?"

"예, 불과 30여 년 전만 해도 청국은 본받고 싶었던 나라였습니다. 그런 청국의 섭정께서 도움을 요청할 정도로 우리 대한제국이 성장했다는 사실이 너무도 가슴이 벅찼습니다.

송구합니다."

대진이 손을 저었다.

"아니야. 되었어. 나도 솔직히 놀라기는 마찬가지야."

순친왕은 우리말로 진행된 대화에 어리둥절해했다. 그러다 대진이 통역해 주라는 손짓을 본 통역사에게 설명을 듣고는 얼굴을 붉혔다.

대진이 그를 위로했다.

"안타깝기도 하고 수치스럽다는 생각도 드실 겁니다. 그러나 섭정께서 이 정도의 부끄러움을 이겨 내지 못하신다면 승냥이와 같은 서양 세력을 상대해서 나라를 지켜 내지 못할 겁니다."

순친왕의 표정이 대번에 달라졌다.

"괜찮습니다. 이 정도의 부끄러움은 아무것도 아닙니다. 그리고 사실이기도 하고요. 개인적으로는 귀국이 부럽기까지 합니다."

순친왕이 이렇게 먼저 머리를 숙이고 나올 줄은 몰랐다. 그래서 대진은 그에게 할 수 있는 최대한의 조언을 해 주었다. 그러면서 북양군의 군사 교류를 순친왕의 치적으로 은근슬쩍 만들어 주었다.

순친왕은 이러한 배려에 격하게 고마워하며 돌아갔다.

대진은 원세개에게 급히 사람을 보냈다. 그리고 순친왕과 대화 내용을 알려 주며 대처하게 했다.

그리고 그다음 날에야 귀환했다.

청국은 철도노선이 많지 않다.

강남은 그나마 민간 자본으로 노선 건설을 시작한 곳이 많은데 대부분 기술력이 부족해 지지부진하다. 그래서 제대로 운용되는 철도는 북경과 천진을 잇은 경진선과 강남철도뿐이었다.

대진이 북경에 올 때는 산해관까지 철도를 이용했다. 그러고는 자동차로 북경까지 오느라 고생이 많았다.

그래서 귀환에는 천진까지 기차를 탔다. 그러고는 여객선을 타고 영구를 거쳐 귀환했다.

대진이 황제에게 귀국 보고를 했다.

황제가 질문했다.

"청국이 우리 헌법을 준용하고 싶다니 고무적이네요. 그런데 청국이 회생하기는 어렵겠지요?"

대진이 대답했다.

"섭정인 순친왕이 우리의 개혁 개방을 본보기로 삼으려 하지만 너무 늦었습니다. 무엇보다 내부 결속이 전혀 이뤄지지 않은 상황이어서 개혁 효과도 거의 나타나지 않을 것입니다."

황제도 동의했다.

"원세개와 순친왕이 동시에 총리를 찾아올 정도이니 화합은 쉽지 않겠네요."

"두 사람은 지금 청국에서 가장 막강한 권력자들입니다. 한 사람은 실권자이고, 다른 한 사람은 군을 장악하고 있으니 말입니다. 이런 두 사람의 관계가 최악인데 어떻게 나라의 미래를 기대할 수 있겠습니까?"

황제가 씁쓸해하며 말을 돌렸다.

"그토록 강성했던 나라도 추락하는 것은 순간이네요. 그리고 이번에 수군에서 장기 과업을 마무리하고 있다는 보고를 받았습니다. 마군이 보유하고 있는 항공모함을 건조하고 있다고 하던데요."

대진도 알고 있는 사실이다.

"그렇습니다. 우리 수군은 10년 전부터 극비리로 항모 건조 계획을 추진해 왔습니다. 이른바 3·3계획으로, 3척의 소형 항공모함과 3척의 대형 항공모함을 건조한다는 계획이지요. 그 계획에 따라 그동안 3척의 소형 항공모함을 순차적으로 건조해 시험 중에 있었습니다. 그중 1척이 2년에 걸친 각종 시험을 통과해 이번에 실전에 배치되는 것입니다."

황제가 의구심을 보였다.

"항모가 6척이나 필요합니까? 항공모함을 운용하려면 막대한 군비가 소요된다고 들었습니다. 다른 함정도 계속해서 건조해야 하는데 국가 재정에 부담이 되지는 않을까요?"

"그래도 해야 합니다. 3년 전 영국에서 21,000톤급 대형 전함을 건조했습니다. 미국도 전함 사우스캐롤라이나가 등장하면서 전 세계는 거함거포 시대가 시작되었습니다. 본국도 12,000톤급 전함을 실전 배치하고 있고요. 그러나 우리

대한제국은 기본적으로 거함거포 경쟁을 벌이지 않는 것이
기본 방침입니다."

"그거야 짐도 알고 있지요."

"그럼에도 타국과의 군사력 경쟁에서 살아남아야 합니다.
그러기 위해서는 비대칭전력이 항공모함이 반드시 필요합니
다. 그게 아니면 우리도 다른 나라와 같이 거함 경쟁에 적극
참여해야 하고요."

황제가 질문했다.

"항공모함과 20,000톤급 대형 전함 중 어느 함정이 비싼가요?"

대진이 잠시 고심했다.

"절대적인 가격은 항공모함이 저렴합니다. 하지만 탑재하
는 공격기를 포함하면 비슷하다고 할 수 있습니다. 그리고
항공모함은 단독으로 움직이는 것이 아니라 항공전대와 호
위 함정, 잠수함전대가 함께 기동하게 됩니다."

대한제국은 몇 년 전부터 1,200톤급 소형 잠수함을 양산
해 실전 배치하고 있었다.

"항공모함이 하나의 함대라는 말씀이군요."

"그렇습니다. 그리고 지금은 1개 함대에 1척의 항모가 배
치됩니다. 그러나 50,000톤급 항모가 실전 배치되는 1912년
부터는 태평양함대에 2척의 항공모함이 배치됩니다."

대진이 항공모함이 포함된 함대 작전에 대해 상세히 설명
했다. 그 설명을 들은 황제가 아주 흡족해했다.

"하하하! 대단하군요. 총리의 말씀대로라면 세계 각국이 다투어 건조하고 있는 대형 전함은 덩치가 큰 표적에 지나지 않는다는 말이군요."

"외국은 아직 레이더나 소나가 없습니다. 무선통신도 모스부호를 교신하는 정도이지요. 그리고 본국은 기계식이지만 사격통제장치까지 갖추고 있습니다. 이러한 최첨단 장비를 보유한 나라는 우리가 유일합니다."

황제도 잘 알고 있는 사실이었다. 그럼에도 황제는 한 번 더 확인했다.

"실전이 벌어지면 그러한 장비들이 제 역할을 톡톡히 해내겠지요?"

"물론입니다. 본국의 첨단 관측 장비와 사거리 40킬로미터의 유도미사일이 결합하면 무적입니다."

"말씀만 들어도 가슴이 벅찹니다."

"본국은 타국에 없는 잠수함과 전투기는 물론이고 폭격기와 수송기도 운용하고 있습니다."

"그렇지요. 잠수함도 있지요."

"예, 1,200톤급 잠수함은 이미 10척이 배치되어 있습니다. 2,400톤급도 곧 실전에 배치될 예정입니다."

"일본도 잠수함이 있다고 들었는데요?"

"미국에서 도입한 소형 잠수함 5척이 있습니다. 그러나 크기가 작아 잠수정이 맞습니다. 더구나 속도도 터무니없이 느리고 잠수 능력도 겨우 20~30미터에 불과합니다."

"우리와는 차이가 많군요."

"그러하옵니다."

"일본에도 대형 전함이 있다고 들었는데 맞지요?"

"그렇습니다. 19,300톤급 전함 사츠마가 실전 배치되어 있습니다. 동급 전함 카와치가 내년에 실전 배치될 예정이고요."

"놀라운 일이네요. 우리도 대형 전함 건조에 신중을 기하는데 그렇게 큰 전함을 벌써 2척이나 보유하고 있다니요."

"일본은 예산의 25% 이상을 국방비로 지출하고 있습니다. 그리고 군수산업을 범국가적으로 육성하고 있어서 기술 발전이 급속도로 진행되고 있습니다."

"몇 년만 지나면 상당한 위협이 되겠네요."

"그렇습니다. 그래서 늘 경계를 게을리하지 않고 있습니다."

"잘 부탁드립니다."

"명심하겠습니다."

1909년 2월.

대진이 내각 대신 몇 명과 거제도의 옥포조선소를 방문했다. 옥포에는 개혁 초기부터 수군공창과 대한조선이 자리하고 있었다.

이 옥포에서 항공모함 취역식이 열렸다.

해군 함정은 선거(船渠)에서 건조된다.

함정 건조를 마치면 선거에 물을 채우는 진수식을 거행한다. 진수식을 마친 함정은 수군에 인도되기 전에 시험 운용 기간을 거친다.

이 기간 동안 각종 시험을 실시하면서 정상적인 운행이 가능한지를 면밀히 평가한다. 이 평가를 제대로 마쳐야만 수군에 정식으로 인도된다.

함정을 인도받은 수군은 필수 인원을 전부 승선시켜서는 항해를 위한 취역식을 거행한다.

항공모함은 운항뿐 아니라 탑재되는 공격기 운용까지 각종 시험을 거쳐야 한다. 그래서 항공모함의 시험 운용 기간은 일반 함정보다 훨씬 길다.

이번에 취역하는 항공모함은 20,000톤급이다. 복엽기 40대를 탑재하며 갑판이 2층 구조로 되어 있고 함교도 세워져 있다.

항모에는 세계 최초로 유압식 캐터펄트도 장착되었다. 덕분에 폭탄을 장착한 2~3톤 중량의 폭격기도 쉽게 날려 올릴 수 있었다.

항공모함의 정식 명칭은 대만이다.

대한제국은 항공모함에 자국이 보유한 섬의 이름을 붙이기로 했다. 거기에 따라 최초 항모에 대한제국에서 가장 큰 섬인 대만이 명명되었다.

대만의 취역식은 비밀리에 진행되었다.

아직은 항모의 개념이 없는 다른 나라의 시선을 피하기 위해서였다. 그래서 내각에서 대진을 비롯한 관계 대신 몇 명만이 참석했다.

반면에 수군은 최고 지휘관들이 대거 참석했다.

대진은 그들과 반갑게 인사를 나눴다. 그러고는 단상에 착석했으며 대진의 옆에는 국방대신과 합참의장이 각각 자리했다.

대진이 먼저 입을 열었다.

"감개가 무량하네요. 우리 제국이 항모를 보유하는 현장을 직접 보게 되다니 말입니다."

국방대신 서영식이 동조했다. 서영식은 특전대팀장 출신으로 초기 사략 작전 등에서 혁혁한 공을 세웠던 현장 출신이다.

"그러게 말입니다. 항모 대만을 보는 것도 뿌듯하지만 금년 내로 2척의 동급 항모가 취역한다는 사실이 더 감동적입니다."

대진도 거들었다.

"맞는 말이야. 비록 소형이지만 3척의 정규 항모를 보유하게 되었다는 생각에 절로 가슴이 벅차올라."

외무대신이 질문했다.

"다른 나라는 아직 항모 건조를 계획하고 있지는 않지요?"

합참의장이 대답했다.

"그렇습니다. 그러나 타국의 항공기 발전 속도로 봤을 때 10년 이내 항모가 출현할 가능성이 높습니다."

대진이 당부했다.

"그 이전에 확고한 전략적 우위를 구축해 놓아야겠군요."

"최선을 다하겠습니다."

곧이어 취역식이 거행되었다.

진수식은 여인이 술병을 깨고 육상에 묶여 있던 끈을 손도끼로 자르며 행운을 기원한다. 그러나 취역식은 방식이 달라서 먼저 경과보고와 대진을 비롯한 몇 명의 축사가 이어졌다.

행사를 마친 대진에게 함장이 다가왔다.

"충성! 대만함의 초대 함장 윤도선 대령입니다."

대진이 화답했다.

"고생이 많습니다."

이어서 항모의 항공전대장도 대진과 귀빈에게 인사했다. 인사가 끝나자 함장이 다시 나섰다.

"오르시지요. 제가 안내하겠습니다."

"부탁합니다."

함장의 안내로 대진과 귀빈들이 이동했다. 먼저 사다리를 이용해 승선한 이들은 승강기로 갑판까지 올라갔다.

갑판에 오른 대진이 죽 둘러봤다.

대만함의 갑판에는 40대의 공격기가 거치되어 있었다. 갑판은 백령도와 비슷한 형태였으며 넓이도 상당하다는 느낌을 받았다.

"생각보다 갑판이 넓구나."

윤도선 함장이 항모의 재원을 설명했다.

"……그렇게 갑판의 형태가 백령도와 비슷해서 상대적으

로 넓어 보입니다."

수군 참모총장이 부언했다.

"최첨단 설계로 인해 항모의 안정성을 극대화했습니다. 덕분에 20,000톤급이지만 이 정도 넓이의 합판을 적용해도 문제가 전혀 되지 않습니다."

"급속 변침에도 문제가 없다는 말씀이지요?"

"그렇습니다. 그동안 많은 시험 항해를 하면서 선체 회복력을 충분히 확인했습니다."

"다행이군요."

대진이 갑판 중앙의 사출기로 다가갔다.

윤도선이 설명했다.

"이 사출기는 유압식으로 5톤 중량까지 무리 없이 작동할 수 있습니다. 그래서 본 함이 보유한 폭격기의 사출은 충분합니다."

수군 참모총장이 부언했다.

"본래는 증기 방식 사출기를 도입하려고 했습니다. 그러나 설계 도중 압축 증기가 새거나 폭발하기도 해서 유압식으로 전격 변경했습니다."

대진이 지적했다.

"유압식은 추진력이 떨어지지 않나요?"

"증기식과 비교해서는 그렇습니다만 안정성 면에서는 유압식이 최고입니다. 그리고 5톤까지는 무리 없이 사출할 수가 있어서 지금으로선 전혀 문제가 되지 않습니다."

"나중에 전투기 중량이 늘어나면 다른 방식을 도입해야겠네요."

수군 참모총장도 인정했다.

"맞는 말씀입니다. 그래서 장기 과제로 연구하려고 합니다."

대진은 갑판에 이어 선체 내부의 각종 장치와 시설을 둘러봤다. 그러고는 승강기를 타고 항모의 선교로 올라갔다.

윤도선이 동의를 구했다.

"총리님께서 출항을 명령해 주십시오."

대진이 즉석에서 지시했다.

"함장, 항모 대만의 출항을 승인합니다."

윤도선이 마이크를 들었다.

-모든 승조원에게 알린다. 지금 즉시 출항을 준비하라!

애앵!

항모에 장착된 사이렌이 울렸다. 그에 따라 갑판에 도열해 있던 모든 승조원들이 자신들의 자리로 급히 이동했다.

그리고 얼마 후.

함장이 명령했다.

"항모 대만, 출항하라!"

부웅!

기적이 울리며 항모가 천천히 기동했다. 그렇게 조심스럽게 옥포만을 빠져나온 항모 대만은 대기하고 있던 호위 함대와 조우했다.

항모 대만을 맞이한 함대는 태평양 제1함대로 기함은 12,000톤급인 묘향산이었다. 묘향산에는 함대사령관인 심재인 제독이 승선해 있었다.

그가 무선통신을 인사했다.

"어서 오십시오, 총리님. 태평양 제1함대의 모든 승조원을 대표해 해군소장 심재인이 인사를 드립니다, 충성!"

대진이 화답했다.

"반갑습니다, 심 제독. 앞으로 항모 대만과 태평양 제1함대를 잘 이끌어 주시기 바랍니다."

"염려하지 마십시오. 앞으로 항모 대만과 함께 우리 영해와 태평양을 반드시 지켜 내겠습니다."

"모든 국민을 대표해 감사드립니다."

남해에서 시작된 항모 전단의 항해는 남쪽으로 향했다. 그렇게 시작한 항해는 유구를 거쳐 대만까지 진행되었다.

항모 전단이 유구에서 대만으로 항해를 하던 도중이었다. 대진의 시야에 하얀 등대가 높게 서 있는 작은 섬과 군도가 들어왔다.

대진이 질문했다.

"윤 함장, 저기 보이는 섬이 조어도가 맞지요?"

"조어도가 맞습니다. 저 섬은 유구와 대만 항로와 접해 있어 지정학적으로 중요한 자리에 위치해 있습니다. 그래서 10

여 년 전부터 해병대가 배치되어 등대와 통신시설을 관리하고 있습니다."

대진이 망원경을 들었다.

그러자 망원경에 등대와 그 옆에 있는 무선통신 안테나가 들어왔다. 그런 장면을 본 대진이 머릿속에서 한 섬을 떠올렸다.

"마치 울릉도의 옆에 있는 독도 같네요."

수군 참모총장이 나섰다.

"조어도의 면적이 제법 넓어서 한양의 여의도보다 2배나 됩니다. 그뿐이 아니라 지하수가 나오고 숲이 많아서 병사들이 생활하는 데 크게 불편하지는 않습니다."

"그런 섬이 왜 무인도였을까요?"

"섬이 고립되어 있어서 그렇습니다. 더구나 해안 대부분이 절벽이고 지하수도 상당히 깊은 곳에서 흘러서 이전에는 사람이 살기 어려운 환경이었습니다."

"어쨌든 물이 나온다니 다행이네요."

"그렇습니다."

대진은 조어도가 보이지 않을 때까지 한동안 함교 난간에서 있었다. 항모 전단이 입항한 항구는 대만 섬의 동쪽에 자리한 군항이다.

대만은 동고서저 지형이다.

대만의 동쪽은 높은 산맥이 자리하고 있어서 제대로 된 항구가 거의 없다. 대한제국은 이런 동쪽 해안을 뒤지다가 군항의 적지를 발견했다.

그렇게 해서 개발된 군항은 태평양 제2함대의 분대가 모항으로 사용하고 있었다. 군항은 외부 왕래가 철저히 차단되어 있어서 항모 전단이 주변을 신경 쓰지 않고 입항할 수 있었다.

대진이 항모에서 하선했다.

항모 전단은 앞으로 태평양 곳곳을 항해할 예정이었기 때문이다.

하선한 대진과 외빈들은 대기하고 있던 군함에 옮겨 타서 기륭으로 이동했다. 그리고 다시 정기여객선을 타고 본토로 넘어왔다.

10여 일에 걸친 여정을 마친 대진에게 또 하나의 낭보가 전해졌다.

"비행선이 완성되었다고?"

비서실장이 보고했다.

"예, 총리님. 심양에 있는 항공연구소에서 두 종류 기체의 시험비행을 끝마치고 비행선 인도를 앞두고 있다는 보고를 보내왔습니다."

대진이 선걸음에 돌아섰다.

"당장 가 보자."

비서실장이 만류했다.

"대만을 다녀오신 여독이 남아 있으실 겁니다. 그러니 이틀은 쉬셨다가 가 보시지요."

"아니야. 피곤은 하지만 궁금해서라도 바로 가 봐야겠어. 그러니 준비해 주도록 해."

"그러시다면 각 부서에서 올라온 급한 현안부터 처리하고 넘어가시지요."

"그러자."

이때부터 비서들이 내각 부서에서 올라온 결재 서류를 갖고 들어왔다. 그러나 잠시의 공백으로 결재에만 한나절의 시간을 보내야 했기에 대진은 어쩔 수 없이 다음 날 심양으로 올라갔다.

항공 기술의 확보는 일조일석이 이뤄지는 것이 아니다. 특히 여객이나 화물 수송에 필요한 대형 기체는 더 그러하다.

항공 기술에는 엔진의 성능 향상이 필수인데 이를 위해서는 상당한 시간이 필요하다. 대한제국은 이런 간극을 없애기위해 비행선을 개발했다.

비행선은 많은 화물을 선적할 수 있고 장거리 운항이 가능한 장점이 있다. 반면에 악천후에 취약하다는 단점도 있으나 나름의 존재가치는 분명히 있었다.

대진은 국방대신과 심양을 방문했다.

역에는 항공연구소에서 연구소장을 비롯한 몇 사람이 나와 있었다. 대진이 연구소장과 반갑게 인사를 나누고는 그의 승용차로 현장을 찾았다.

항공연구소는 심양 외곽에 위치해 있었다. 심양 주변은 드

넓은 벌판이었으며 그런 벌판을 잠시 관통하고서야 망루와
철책이 둘러쳐진 언덕이 나왔다.

그런 안쪽에 항공연구소가 자리하고 있었다. 자동차가 연
구소로 들어서니 활주로가 보였으며 그 한쪽에 거대한 격납
고가 서 있었다.

자동차가 격납고 앞에 도착했다. 격납고 내부에는 2척의
비행선이 들어 있었는데 보는 것만으로도 사람이 압도될 정
도였다.

차에서 내린 대진이 감탄했다.

"규모가 상당하군요."

연구소장이 설명했다.

"여기 있는 1호기는 길이가 150미터입니다. 높이는 25미
터이며 30톤의 화물과 100명의 승객이 탑승할 수 있습니다.
그리고 이쪽의 소형 비행선은 길이가 80미터로 10톤의 화물
과 80명의 승객을 수송할 수 있습니다."

국방대신이 질문했다.

"보고에 따르면 지난해 독일에서 비행선이 처음 상용화되
었다고 하더군요. 그러나 곧 문제가 발생해 폐기되었다고 들
었습니다. 우리 비행선은 그런 문제는 없겠지요?"

항공연구소장이 장담했다.

"물론입니다. 이 두 기체는 3개월의 시험비행 기간을 거쳤
습니다. 그러는 동안 발생한 문제점을 전부 개선했고요. 그

래서 지금 당장 상업 운행을 해도 될 정도입니다."

대진이 치하했다.

"고생이 많았습니다. 비행선은 언제 인도될 예정이지요?"

"연초에 설립된 한국항공이 4월 중순 인도해 가기로 되어 있습니다. 정식 운항은 5월 초로 예정되어 있고요."

한국항공은 개성상인의 후예인 개상상회가 만든 항공사였다. 대한그룹은 항공기 상용화 이후 바로 대한항공을 설립했다. 그리고 우편 수송을 비롯한 상업 비행을 시행하고 있었다.

국방대신이 나섰다.

"군용도 필요한데 제작에는 문제가 없습니까?"

항공연구소장이 난색을 보였다.

"비행선의 상업 운용에 성공하려면 4척 이상의 비행선이 필요합니다. 그러기 위해서는 금년 말까지는 안타깝지만 여유가 없습니다."

서영식이 아쉬워했다. 그러나 이내 인정을 하고는 신신당부했다.

"그 작업이 끝나면 군용 비행선 작업을 서둘러 주십시오. 지금 같은 시기에 항공 정찰을 위해서는 비행선이 꼭 필요합니다."

대진이 의아한 표정으로 물었다.

"항공 정찰용이라면 구태여 대형 비행선이 필요 없는 거 아닌가요?"

항공연구소장이 고개를 끄덕였다.

"그건 그렇습니다. 20~30미터 규모만 해도 몇 명의 인원과 각종 장비를 탑재해서 운용할 수 있습니다."

"그 정도 규모라면 일부 인원을 배정해도 되지 않을까요? 상업 운용도 필요하지만 더 중요한 것은 국토 방어이지 않습니까?"

항공연구소장이 잠시 고심했다.

"인원 보충과 자재 수급만 충분하다면 해 볼 수 있겠습니다."

그 말에 서영식이 반색을 했다.

"잘 부탁드리겠습니다. 인원으로 국방과학연구소의 연구원을, 자재 수급에 국방 예비비를 동원해서라도 절대 부족하지 않도록 해 드리겠습니다."

"그렇다면 분기별로 몇 대씩은 만들어 보겠습니다."

"감사합니다."

서영식이 기뻐하는 이유는 비행선의 월등한 채공 시간과 항속거리 때문이다.

대한제국은 국경을 경비하는 일이 여간 어렵지 않았다. 이런 상황에서 비행선이 투입된다면 지상군의 어려움을 크게 경감시킬 수 있었다.

이어서 마지막 시험비행이 있었다.

대진이 국방대신 서영식, 항공연구소장과 함께 탑승했다. 이 비행선은 대형 기체로 식당칸은 물론 기차와 같은 침대칸도 마련되어 있었다.

대진이 내부를 세심히 둘러봤다.

9장

대진이 감탄했다.

"대단히 깨끗하네요. 침대칸은 그렇다고 해도 식당까지 있을 줄 몰랐네요."

항공연구소장이 설명했다.

"비행선의 공간이 넓습니다. 그래서 다양한 시설을 설치할 수가 있었지요."

서영식이 질문했다.

"기체는 헬륨 가스겠지요?"

"물론입니다. 우리 제국은 몇 년 전 헬륨 가스 생산기술을 확보한 덕분에 안전한 기체를 사용할 수 있습니다. 외피도 불에 강한 재질이 채택되었으며 무엇보다 골조를 알루미늄으로 사용해 무게를 획기적으로 줄일 수 있었습니다. 그 때문에 독일이 건조하고 있는 채플린비행선보다 크기를 획기적으로 줄일 수 있었습니다."

설명을 듣는 동안 이륙 준비가 끝났다. 비행선 조종사의 음성이 확성기를 통해 흘러나왔다.

"본 비행선은 곧 이륙할 예정입니다. 손님 여러분께서는 안전띠를 착용해 주시기 바랍니다."

대진이 안전띠를 매고 기다리니 기체가 약간의 진동과 함께 떠올랐다. 그러한 진동은 크게 불쾌하거나 불안을 느낄 정도는 아니었다.

그렇게 떠오른 비행선은 별다른 흔들림 없이 수직 상승했다. 그러던 어느 순간 일정 고도까지 상승한 비행선이 천천히 전진했다.

"이제 안전띠를 풀어도 됩니다."

항공연구소장이 안전띠를 풀고서 권했다.

"식당으로 이동하시지요. 거기서는 지상이 아주 잘 보입니다."

"그럽시다."

연구소장의 설명대로 전면이 유리로 장식된 식당의 전경은 환상적이었다. 이어서 제공된 식사는 호텔 못지않게 정갈하고 뛰어났다.

대진은 두 사람과 식사와 커피를 마시며 모처럼의 망중한을 즐겼다.

대진을 태운 여객선은 시속 140킬로미터로 비행해 요양비
행장에 도착했다.

요양 외곽에 위치한 비행장에는 소식을 듣고 달려온 기자
와 구경꾼으로 인산인해였다. 비행선은 천천히 고도를 낮추
며 하강했다.

그러던 비행선에서 쇠사슬이 4개가 내려졌다. 지상에서
대기하고 있던 유도 요원들은 이 쇠사슬을 준비된 기계에 걸
었다.

끼릭! 끼릭!

지상에 고정된 기계가 천천히 쇠사슬을 당기며 비행선은
착륙시켰다. 네 곳의 강력한 지지를 받은 비행선은 안정적으
로 착륙했다.

비행선이 지상 가까이 내려서자 다시 몇 개의 쇠사슬이 비
행선을 고정했다. 그러고는 천천히 끌어내려 완전히 안착시
켰다.

"와!"

펑! 펑! 펑!

엄청난 크기의 비행선이 안착하자 관중이 일제히 함성을
터트렸다. 그런 장면을 사진기자들이 놓치지 않고 촬영하느
라 주변에서 불빛이 번쩍였다.

대기하고 있던 직원이 사다리를 고정하니 문이 열렸다. 대

진은 조종사와 승무원들에게 일일이 악수를 하고서 하선했다.

펑! 펑! 펑!

수없는 카메라 셔터가 터졌다.

대진의 하선에 이어 기자를 비롯해 엄선한 초대 손님들이 탑승했다. 그렇게 탑승 인원을 채운 비행선은 고리가 풀리면서 가뿐하게 상승했다.

이날 비행선은 요양과 심양을 몇 번이나 오가면서 안정성을 입증했다.

그런 다음 날.

대한제국 모든 신문에는 비행선 사진이, 세계 주요 신문은 스케치된 비행선 그림이 1면을 장식했다.

안정성을 입증한 비행선은 준비 기간을 거쳐 상업 운행을 시작했다.

국내 노선은 바로 정기노선이 개설되었다. 그러나 대형 비행선이 담당할 해외 노선은 아직 손님이 많지 않아 비정기적으로 운항할 수밖에 없었다.

그 바람에 2척의 대형 비행선이 당분간 국내 노선에 투입되어 운행해야 했다. 놀랍게도 비행선 운항은 대기수요가 몰릴 정도로 관심을 끌었다.

넓어진 영토와 경제 발전이 비행선의 수요를 폭발시킨 것이다. 수요가 폭증하자 항공연구소는 모든 인력을 투입해 3개월 만에 2척의 소형 비행선을 추가로 완성했다.

완성된 비행선은 짧은 시험 운행을 거쳐 곧바로 상업 비행에 투입되었다. 그 결과 한국항공의 비행선 사업이 단번에 흑자로 돌아서게 되었다.

이러한 사실이 신문에 게재되면서 한동안 비행선과 관련된 소식이 신문을 장식했다.

대한제국의 상황을 주시하던 미국도 본격적으로 비행선 제작에 뛰어 들어갔다.

미국은 대한제국보다는 늦었지만 헬륨을 자체 생산할 기술력을 갖추고 있었다. 그리고 영토가 넓어서 비행선의 수요는 대한제국만큼 많았다.

미국은 대한제국과 달리 시작부터 민간사업자가 비행선 제작에 나섰다.

독일도 발 빠르게 움직였다.

독일은 대한제국보다 먼저 비행선 제작에 성공했다. 그러다 투자자가 없어서 애를 먹고 있었는데 대한제국의 성공이 알려지면서 투자자가 대거 몰리면서 사업이 활기를 찾게 된 것이다.

대한제국에서 시작된 비행선 열풍은 미국과 유럽에까지 전파되었다. 이때를 계기로 세계는 본격적인 비행선 시대가 열리게 되었다.

이러던 10월 중순.

대륙에서 급보가 날아왔다.

급보를 접한 대진이 깜짝 놀랐다.

"이게 무슨 말이야? 산둥총독 이토 히로부미가 청도에서 암살되었다니?"

비서실장이 보고했다.

"지난 10월 16일, 산둥총독 이토 히로부미가 군항으로 건설한 청도의 개항을 축하하기 위해 방문했다고 합니다. 그런 이토 히로부미를 청도역에서 대기하던 환영 인파에 숨어 있던 한족독립군이 저격했고요. 그 바람에 이토 히로부미는 그 자리에서 즉사를 했다고 합니다."

대진은 묘한 기시감이 들었다.

'세상이 바뀌었어도 이토 히로부미는 제가 저지른 잘못 때문에 암살될 운명이었나 보네. 그것도 인종은 비록 다르지만 똑같은 독립투사의 손에 의해서 말이야.'

"이토 히로부미를 암살한 한족독립투사는 어떻게 되었다고 하던가?"

"그 자리에서 일행과 함께 체포되어 청도형무소로 끌려갔다고 합니다."

"일본이 난리가 났겠구나."

"이토 히로부미는 총리를 세 번이나 역임한 일본 최고의 정객입니다. 그런 거물이 암살되었으니 일본 본토도 발칵 뒤집혔을 겁니다."

대진이 지시했다.

"일본에 연락해서 일본 정부와 일본인의 반응을 샅샅이 조사하라고 해. 아울러 일본 정부에 심겨 있는 제5열들도 적극 활용하라고 해."

"알겠습니다."

"국정원에 연락해 우리 요원들에게도 현지 동향을 철저히 조사하도록 조치하고 군에도 비상경계령을 강화하라고 해."

"바로 조치하겠습니다."

대진은 즉각 내각회의도 소집했다. 급히 수상실의 회의실로 모인 각료들은 이토 히로부미가 암살되었다는 소식에 하나같이 놀란 표정들이었다.

국방대신이 고개를 저었다.

"너무 놀라워서 몸이 떨리네요."

외무대신도 동조했다.

"그러게 말입니다. 세상이 많이 바뀌었는데도 큰 물줄기는 그대로인 것 같습니다."

이후 몇 사람이 더 같은 반응을 보였다.

대진이 나섰다.

"자! 그만 진정들 하시고 현안부터 살펴보도록 합시다. 앞으로 일이 어떻게 전개될 것 같습니까?"

국방대신이 먼저 나섰다.

"일본은 기회가 되면 대륙으로 힘을 뻗으려는 노력을 해

왔습니다. 그런 일본이 이번 기회를 그대로 두고 보지 않을 것 같습니다."

외무대신이 문제를 지적했다.

"국방대신의 지적은 맞습니다. 하지만 대륙에서의 일본의 팽창을 영국을 비롯한 서양 세력이 가만두고 보지는 않을 겁니다. 일본이 세력을 확장하면 자신들의 이권이 당장 문제가 되기 때문이지요. 제 생각에는 일본이 틈을 노리겠지만 산동 이외로의 세력 확장은 어려울 가능성이 높습니다."

이어서 여러 대신들이 의견을 냈다. 그런 의견들은 대부분 두 사람과 다르지 않았다.

대진도 이런 의견에 동감했다.

"제가 봐도 일본의 세력 확장은 쉽지 않아 보입니다. 일본이 요 몇 년 동안 급격히 발전한 것은 사실입니다. 그러나 영국과 프랑스를 외면할 정도는 아닙니다."

재무대신이 나섰다.

"그렇다면 이토 히로부미의 죽음을 그대로 덮고 넘어가려 할까요?"

이 질문에 모두의 생각들이 많아졌다. 대진도 지금 상황에서 일본이 어떤 태도를 취하게 될지 단정하기 어려웠다.

이러다 떠오르는 생각이 있었다.

"일본이 혹시 우리를 노리지는 않겠지요?"

모두가 깜짝 놀랐다. 회의에 참석한 대신들 누구도 이런 생각을 한 사람이 없었기 때문이다.

재무대신이 고개를 저었다.

"아무리 막 나가는 일본이라지만 설마 우리를 공격하는 짓을 저지르겠습니까?"

외무대신도 동조했다.

"맞습니다. 우리의 군사력을 가장 잘 아는 나라가 일본입니다. 그런 일본이 오판을 할 리가 없지요."

그러나 대진의 생각은 달랐다.

"아닙니다. 꼭 그렇게 단정할 수는 없습니다. 일본은 우리에게 항공모함이 있는 줄 모릅니다. 반면에 일본은 20,000톤에 가까운 전함이 4척이나 있고요. 이렇게 겉으로 드러난 군사력의 차이로 오판할 수도 있다고 생각합니다."

외무대신이 부정적인 의견을 냈다.

"아무리 그렇다고 해도 명분이 없습니다. 더구나 한일 양국은 지난 10여 년 동안 그 어느 때보다 긴밀한 관계를 유지하고 있습니다."

대진도 양국 관계를 잘 알고 있었다.

그래서 자신이 너무 일본을 경계하고 있다는 생각도 들었다. 그럼에도 이상하게 찜찜한 느낌을 지울 수가 없었다.

대진이 고개를 저었다.

"제가 괜한 우려를 하는지 모르겠습니다. 하지만 이런 때일수록 돌발상황이 발생할 수도 있으니 일본의 동향을 철저히 주시해 주셨으면 합니다."

"알겠습니다."

대진은 비선조직을 통해 일본 내부 동향을 알아보게 했다
는 사실을 알렸다. 그 말을 들은 국방대신도 군의 정보 조직
을 가동하겠다고 보고했다.

회의를 마치고 국방대신 서영식이 다가왔다.

"걱정이 많이 되십니까?"

대진은 자신의 상태를 숨기지 않았다.

"왜 이러는지 모르겠지만 이상하게 찜찜한 기분이 드네."

"너무 걱정하지 마십시오. 요원들과 조직을 가동했으니
이상 동향이 발생하면 바로 보고가 들어올 것입니다. 더구나
일본은 군사도발을 감행하면 대본영을 먼저 설치하지 않습
니까?"

"그렇기는 하지."

서영석이 몇 번 더 다독이고 돌아갔다. 그러나 대진의 얼
굴은 끝까지 펴지지 않았다.

이토 히로부미는 일본에서 추앙받던 인물이다.

유신지사로 개혁의 선봉이었으며 세 번의 총리와 초대 추
밀원 의장을 역임했다. 이어서 산둥총독으로 재임하면서 국

부중대를 위해 노력해 왔다.

그런 이토 히로부미의 죽음은 열도 전체를 충격에 빠트렸다. 일본 정부는 즉각 국장을 선포하고는 청도에서 그의 시신을 운구해 왔다.

이토 히로부미 시신이 동경에 도착했을 때 어마어마한 사람이 몰렸다. 그러고는 며칠 동안의 애도 기간을 거쳐 동경에 있는 묘지에 안장했다.

이토 히로부미의 장례가 끝난 날.

총리대신 가쓰라 다로가 몇 명의 대신과 함께 일왕의 어소를 찾았다.

일왕이 확인했다.

"이토 히로부미 공작의 장례는 잘 치렀소?"

가쓰라 다로가 대답했다.

"폐하의 성려 덕분에 무사히 잘 치렀습니다."

일왕이 한숨을 내쉬었다.

"후우! 나라의 큰 기둥을 잃었소이다. 이토 히로부미 공작은 유신 이후 한결같이 나라를 위해 헌신해 왔소. 그런 사람이 흉탄에 스러지다니 너무도 안타까운 일이오."

가쓰라 다로도 공감했다.

"폐하의 말씀대로입니다. 이토 히로부미 공작의 서거는 참으로 안타까운 일입니다."

데라우치 마사타케[寺内正毅] 육군대신이 나섰다.

"안타까워만 해서는 안 된다고 생각합니다. 비명횡사한 이토 히로부미 공작의 원혼을 위로하기 위해서라도 반드시 복수를 해야 합니다."

모두의 시선이 그에게 쏠렸다.

일왕이 질문했다.

"어떻게 복수를 한단 말이오?"

"우리 육군은 산둥에 50만의 병력을 주둔시켜 놓고 있습니다. 이 병력을 동원해 대륙에서 세력을 넓혀 나가야 합니다. 그것만이 돌아가신 이토 히로부미 공작의 뜻을 받드는 길일 것이옵니다."

해군대신 사이토 마코토[斎藤実]도 적극 동조했다.

"옳은 말씀입니다. 이번 기회에 간악한 한족들을 철저하게 짓밟아야 합니다. 그러기 위해서는 세력 확장이 당면 과제이고요. 육군이 움직이면 우리 해군도 적극 동조하겠습니다."

일본의 육군과 해군은 앙숙이다.

이러던 육군과 해군이 모처럼 힘을 합치겠다는 발언을 모두가 반겼다. 회의에 참석한 일본 각료들도 이번 기회를 그냥 넘겨서는 안 된다는 생각을 갖고 있었다.

그래서 두 사람의 발언이 끝나자 다투어 찬성의 뜻을 표시했다. 이들의 발언을 듣고 있던 총리대신 가쓰라 다로가 나섰다.

"폐하! 모두의 의견이 하나로 모였습니다. 이제 결단을 해야 할 때가 되었습니다."

일왕도 두말하지 않았다.

"짐도 그대들과 뜻이 같다."

대놓고 전쟁을 하라는 말은 하지 않았다. 그러나 일왕의 발언이 무슨 의미를 지니는지 모르는 사람은 없었다.

가쓰라 다로가 깊게 고개를 숙였다.

"폐하의 성심이 흐트러지지 않도록 분골쇄신하겠습니다."

모두가 소리쳤다.

"분골쇄신하겠습니다."

일왕의 재가가 떨어졌다.

이토 히로부미가 사살될 때부터 이를 갈고 있던 일본은 즉각 움직였다. 일본은 산둥 일대에 흩어져 있던 병력을 대륙 공략을 위해 집결시켰다.

그러고는 북경에 주재하는 각국 공사에서 병력 이동을 통보했다.

그런데 문제가 발생했다.

쾅!

가쓰라 다로가 대로했다.

"지금 무슨 말을 하는 겁니까? 영국을 비롯한 서양 각국이 우리의 대륙 공략을 저지하다니요?"

외무대신 구무라 주타로[小村壽太郎]가 붉어진 얼굴로 설명했다.

"영국을 비롯한 서양 각국이 본국의 대륙 공략을 반대한다고 공개 천명을 했습니다. 특히 영국은 본국이 이를 위반할 경우 영일동맹 파기도 불사한다는 초강경 태세로 나왔습니다."

영국이 일본을 지지해 온 저간에는 영일동맹이 있었기 때문이다. 덕분에 일본은 산둥에서 확고하게 권리를 보장받았는데 그런 영국까지 거부하고 나온 것은 심각한 문제였다.

"영국이 그렇게 나왔다고요?"

"그렇습니다. 다른 나라는 무시해도 되지만 영국이 반대한다면 상황이 심각해집니다."

가쓰라 다로가 반문했다.

"우리가 왜 거병을 했는지를 아는데도 그랬단 말입니까?"

"이토 히로부미 공작의 유고는 안타깝다고 했습니다. 그러나 암살범이 청국의 지시를 받고 한 것이 아닌 이상 그 일을 계기로 거병해서는 안 된다고 못을 박았습니다."

가쓰라 다로의 안면이 구겨졌다.

"이런 젠장! 다른 나라도 아닌 영국이 반대하는 상황이라면 곤란하잖아."

데라우치 육군대신이 이를 갈았다.

"으득! 대체 이게 무슨 꼴입니다. 이토 공작 각하의 원혼도 달래 주지 못하고 나라꼴만 우습게 되어 버렸습니다."

가쓰라 다로 총리가 주먹을 움켜쥐었다.

"돌파구를 찾아야 합니다. 우리 일본이 그동안 절치부심 군사력을 키워 온 까닭은 이런 때를 대비해서입니다. 그런데 이 절호의 기회를 놓치면 우리는 또다시 와신상담해야 합니다."

사이토 해군대신도 동조했다.

"이대로 좌절해서는 안 됩니다. 그렇게 되면 군의 사기는 최악으로 떨어지는 것은 물론이고 국내 여론을 감당하기 어렵게 됩니다."

체신대신 고토 신페이도 동조했다.

"영국을 설득해서라도 일을 도모해야 합니다. 그러지 않으면 사이토 대신의 말씀대로 비난 여론을 감당할 수 없게 됩니다."

가쓰라 다로가 결정했다.

"좋습니다. 우선은 외무대신께서 영국공사를 만나 우리의 사정을 설명하고 이해를 받아 내세요. 그리고 육군은 기존의 계획대로 병력을 집결하세요. 아울러 해군도 위해위로 병력을 집결해 우리의 의지를 보여 주도록 합시다."

데라우치 마사타케가 고개를 숙였다.

"알겠습니다. 그러면 대본영을 설치해야 하지 않겠습니까?"

가쓰라 다로가 고개를 저었다.

"안 됩니다. 대본영을 설치하게 되면 우리의 대륙 진출이 표면화됩니다. 그리되면 서양 각국의 반발이 극심해질 우려가 있으니 이번만큼은 대본영을 설치하지 않는 게 좋습니다."

가쓰라 다로의 결정에 모두들 승복했다. 그런 대신들을 둘러본 가쓰라 다로가 다짐했다.

"우리는 어떠한 일이 있더라도 이번 기회를 잘 살려야 합니다. 그래야 우리 대일본제국이 한국을 누르고 동양 최고의 국가로 거듭날 수 있습니다."

모두의 눈빛이 변했다.

가쓰라 다로가 지시했다.

"자! 서두르도록 합시다. 지금은 시간이 금보다 귀할 때입니다."

"예, 총리님."

일본은 양면 공작을 펼쳤다.

하나는 영국공사를 만나 자신들의 입장을 설득시키려 혼신의 노력을 했다. 그리고 육군과 해군은 병력과 함정을 대륙 공략에 맞춰 대대적으로 움직였다.

그러나 영국 설득은 실패했다.

영국은 의화단의 난을 수습하면서 장강의 이권을 획득했다. 이를 바탕으로 공격적인 경제 침략을 이어 나가고 있었다.

이런 상황에서 일본이 대륙에서 세력을 넓히는 것은 자신들의 국익에 반하게 된다. 아울러 대륙에서 세력을 넓혀 나가고 있던 독일도, 장강 이남에서 영향력을 확대하던 프랑스도 대놓고 반발했다.

이러한 서양 각국의 반대를 일본은 끝내 넘어서지 못했다.

몇 달간의 외교협상이 실패로 돌아가자 일본 내부는 들끓기 시작했다. 동경에서는 수시로 시위가 발생하면서 연일 폭력 진압이 이어졌다.

이뿐이 아니었다.

병력을 재편한 육군도, 함대를 집결한 해군도 난감하기는 마찬가지였다. 더구나 시간이 지체되면서 일본군 내부에서 불만이 터져 나오고 있었다.

해가 바뀐 1910년 2월 중순.

가쓰라 다로가 대신 몇 명을 불렀다.

"후! 큰일입니다. 이 난국을 어째 헤쳐 나갈 수 있을지 참으로 난감합니다."

대신들도 연신 한숨을 내쉬었다. 그런 대신 중에 강성인 육군대신 데라우치 마사타케가 나섰다.

"이대로 주저앉을 수는 없습니다. 그렇게 되면 당장의 난국도 수습하기 어려울뿐더러 군의 위상 또한 최악으로 전락하게 됩니다."

고무라 외무대신이 고개를 저었다.

"안타깝기 그지없는 일입니다. 그러나 지금으로선 달리 어찌할 방도가 없습니다. 영국이 저렇게 강력하게 반대하는 상황에서 어떻게 군사력을 전개할 수 있단 말입니까?"

"그렇다고 포기할 수는 없습니다. 우리 대일본제국이 러일전쟁에 승리한 이후 지금까지 전력을 다해 군사력을 증강해 왔습니다. 그런 군사력을 제대로 활용하지 못하면 그동안의 노력이 수포로 돌아가게 됩니다."

"그렇다고 서양 각국의 반대를 무시할 수도 없지 않겠습니까?"

"안 되면 다른 나라라도 찾아봐야지요."

이 말에 모두가 눈을 크게 떴다.

가쓰라 다로가 바로 확인했다.

"지금 무슨 말씀을 하시는 겁니까? 다른 나라를 찾아보다니요?"

"……한국이 있지 않습니까?"

순간 실내 공기가 차갑게 식었다. 생각지도 않은 발언에 가쓰라 다로도 놀라 입을 딱 벌렸다.

그러던 그가 겨우 발언했다.

"지, 지금 한국이라고 했습니까?"

"그렇습니다."

가쓰라 다로가 대번에 거부했다.

"불가합니다. 우리 일본이 그동안 군사력 증강에 부단히 노력해 온 사실을 맞습니다. 그렇다고 해서 한국에 맞설 정도는 아닙니다."

데라우치 육군대신이 강력히 나섰다.

"절대 그렇지 않습니다. 한국과 전면전을 치른다면 우리 일본이 조금 부족한 것은 사실입니다. 하지만 우리가 기습공격을 감행한다면 충분히 승산이 있습니다."

"기습공격이라고요?"

"예, 그렇습니다. 우리 대일본제국은 2배나 전력이 강했던 러시아와의 전쟁에서도 승리했습니다. 그뿐이 아니라 청나라와의 전쟁에서도 승리했고요. 이런 경험이 있는 우리가 한국과 맞싸운다고 해서 패전을 먼저 거론할 이유는 없다고 생각합니다."

데라우치가 거론한 두 번의 전쟁에서 결정적 승기를 잡았던 것은 해군 때문이다. 그래서인지 그의 말을 듣는 순간 사이토 마코토 해군대신도 적극적으로 나섰다.

"옳은 지적입니다. 두 번의 전쟁에서 우리는 절대적인 전력 열세를 딛고 승리했습니다. 그건 강력한 사무라이 정신으로 무장한 병력이 있었기에 가능한 것이었습니다."

"으음!"

사이토가 다시 주장했다.

"그리고 우리 군은 시모세 화약의 상용화로 이전과는 비교할 수 없을 정도로 화력이 강력해졌습니다. 그런 화력을 바탕으로 송곳 전략을 펼친다면 승산은 충분할 것입니다."

가쓰라 다로의 눈이 커졌다.

"송곳 전략이라고요?"

"그렇습니다. 지금 산둥의 위해위에는 우리 2함대와 산둥 함대가 정박해 있습니다. 이 두 함대로 한국의 주요 지점을 해군이 집중 공략해서 육군을 상륙시키는 겁니다. 그렇게 육해군이 동시에 작전을 펼친다면 한국의 방어선을 충분히 뚫을 수 있습니다. 총리께서도 육군이시니 상륙한 병력이 어느 정도 위력을 발휘하는지는 저보다 잘 아시지 않습니까?"

가쓰라 다로는 처음에는 부정적이었다.

그러나 사이토 해군대신의 설명에 어느덧 귀를 기울이고 있었다. 그런 모습을 본 데라우치 육군대신이 이전보다 더 강력하게 나섰다.

"해군이 제대로 지원만 해 준다면 몇 만의 육군 병력은 어렵지 않게 상륙시킬 수 있습니다. 그 선발대가 한국 영토에 자리만 잡는다면 산둥의 육군을 추가 상륙시키는 것은 시간문제입니다."

사이토가 다시 동조했다.

"한국의 평소 병력은 50여만입니다. 그런데 그 병력 중 10여만이 몽골 일대에 배치되어 있습니다. 남은 병력도 마찬가지로 넓은 국토 전역에 배치되었고요. 이런 상황에서 우리 군 수십만이 죽기를 각오하고 일점 돌파를 강행하는 겁니다. 그렇게 한국의 수도까지만 진격한다면 유리한 입장에서 종전할 수 있을 것입니다."

고무라 외무대신이 탄성을 터트렸다.

"아아! 그렇게만 된다면 본국의 수십 년 숙원이 단번에 해소될 수 있겠습니다."

모두가 절로 고개를 끄덕였다. 가쓰라 다로 총리가 사이토 해군대신을 바라봤다.

"송곳 전략을 쓴다면 어디가 적당하겠습니까?"

"요동반도에 있는 대련입니다."

가쓰라 다로의 생각이 깊어졌다.

사이토의 설명이 이어졌다.

"대련은 본국의 군사 항구인 위해위에서 불과 반나절거리입니다. 그 때문에 한국의 시선을 잠깐만 속인다면 대련에 정박해 있는 한국 함대 제압과 육군의 동시 상륙이 가능합니다. 그렇게 육군이 상륙하게 되면……."

사이토의 설명은 한동안 이어졌다.

그의 설명이 길어질수록 일본 총리와 대신들의 눈빛은 더 깊어져만 갔다. 이날부터 일본 내각 주요 부서는 밤새 불이 꺼지지 않았다.

3월.

달빛도 없는 그믐날 밤.

산둥함대 모항인 위해위에서 일단의 함대가 출항했다. 출항한 함대는 곧 등화관제를 실시했다.

그런 일본 함대는 선수를 북쪽으로 돌렸다. 그리고 요동반도의 끝의 대련으로 접근했다.

밤이 늦었으나 대련에는 등화관제가 실시되지 않았다. 그래서 수십 킬로미터 떨어진 바다에서도 대련 지역을 정확히 확인할 수 있었다.

대련을 확인한 일본 함대는 전속으로 항진했다. 일본의 대규모 함대가 다가갔음에도 대련에서는 별다른 대응이 없었다.

그런 어느 순간.

꽝! 꽝! 꽝! 꽝!

일본 함대의 함포에서 불이 뿜어졌다.

일본 제2함대사령관은 데와 시게토[出羽重遠] 제독이다. 그는 자신이 지휘하는 함대가 대련에 접근할 때까지 선수에서 한시도 눈을 떼지 않았다.

그렇게 대련으로 다가가던 데와 시게토가 망원경을 들었다. 그믐이었음에도 등화관제가 되지 않은 항구 곳곳에는 상당한 규모의 함대가 정박해 있는 모습이 포착되었다.

데와 시게토가 기뻐했다.

"그래, 바로 저거야. 우리의 공격을 눈치채지 못한 한국이 함대를 항구에 그대로 정박해 두고 있어!"

참모장이 말을 받았다.

"제독님, 저 정도면 1개 함대는 충분히 될 것 같지 않습니까?"

"그래, 대련은 한국에서도 중요한 군항 중 한 곳이야. 해군공창도 있어. 그런 항구이니 당연히 1개 함대 정도는 정박해 있겠지."

이런 대화를 나누고 있을 즈음 제2함대가 목표 지점까지 접근했다.

데와 시게토가 지시했다.

"함대, 급속 변침하여 포격 대형을 유지하라."

그의 지시에 따라 제2함대가 일제히 방향을 틀었다. 데와 시게토의 옆에 있던 함대 참모장이 고개를 갸웃했다.

"제독님, 뭔가 이상합니다. 이 정도면 아무리 그믐이라지만 우리의 움직임을 포착하고도 남습니다. 그런데 어떻게 움직임이 전혀 포착되지 않는지 모르겠습니다."

데와 시게토의 얼굴이 굳어졌다.

그는 참모장의 발언에 갑자기 불안감이 엄습해 망원경을 들어 육지를 살폈다. 그런데 육지 상황이 처음과 조금도 달라진 것이 없었다.

데와 시게토가 고개를 갸웃했다.

"이상하네. 참모장의 말대로 이 정도의 위치라면 육지에서도 우리 움직임을 분명히 포착했을 터인데."

참모장이 우려했다.

"혹시 함정이 아닐까요?"

"함정!"

소스라치게 놀란 데와 시게토가 급히 사방을 살폈다. 그러나 바다 어느 곳에서도 이상한 움직임이 포착되지 않았다.

데와 시게토가 고개를 저었다.

"함정은 아니야. 만일 저들이 우리 공략을 먼저 알고 있었다면 지금쯤 사방에서 숨어 있던 함대가 나와야 해. 그런데 참모장도 보다시피 바다 어디에도 적군이 없어."

"그러면 대체 어떻게 된 것일까요?"

"아무래도 새벽이어서 경계를 서던 자들이 잠시 한눈을 팔고 있는 것 같아."

참모장이 우려했다.

"한국에는 우리에게 없는 최신 무기가 있다고 합니다. 그 신무기는 백여 킬로미터 밖에 있는 적을 포착할 수 있다고 하고요. 이런 정보는 제독님도 알고 계시지 않습니까?"

데와 시게토 제독도 모르지 않았다.

"당연히 나도 잘 알고 있지. 하지만 정보는 정보일 뿐, 실질적인 물건을 본 적이 없잖아."

"그렇기는 합니다."

"우리 세작들이 파악한 바로는 대련에서 이상 징후가 전혀 파악되지 않았다고 했어. 그 말은 우리가 공격할 거라는 사실을 한국은 꿈에도 모르고 있다는 의미야. 그래서 이렇게 경계가 느슨한 것이고."

"으음! 제독님의 말씀이 맞기는 합니다."

"그래, 무엇보다 숨어 있는 적 함대도 없는 상황이잖아. 그러니 대련 공략에 모든 노력을 집중하도록 해."

"알겠습니다."

참모장이 고개를 숙이며 물러섰다.

말은 이렇게 했지만 데와 시게토의 내심에는 불안감이 가득했다. 그러나 그것을 겉으로 표현하는 것은 있을 수 없는 일이었기에 그는 대련 공략에 모든 신경을 집중했다.

그러던 어느 순간.

참모장이 다가왔다.

"제독님, 유효사거리에 도달했습니다."

데와 시게토가 즉각 지시했다.

"모든 함정은 일제 포격을 시작하라!"

이어서 그의 지시를 받은 함포가 일제히 불을 뿜었다. 그렇게 쏘아진 포탄은 대련과 정박해 있는 함정에 쏟아져 내렸다.

시뻘건 불기둥이 뿜어져 올리는 모습을 본 데와 시게토가 두 주먹을 움켜쥐었다.

"되었다. 이제부터 인정사정 보지 말고 포격을 계속하라."

"예, 알겠습니다."

일본 제2함대 포격은 1시간 넘게 지속되었다. 무지막지하게 쏘아 대는 포격에 대련은 초토화되었으며 정박해 있던 함정 대부분에서 불길이 치솟았다.

이러던 중 여명이 밝아왔다.

데와 시게토가 지시했다.

"참모장은 즉각 산둥함대에 연락해 상륙을 시작하게 하라."

"예, 알겠습니다."

일본은 2개 함대가 합동작전을 펼치고 있었다. 선발인 제2함대가 대련을 선제타격 했다. 이 기습공격이 성공하면 산둥함대에 승선해 있는 육군 병력을 상륙시킬 계획이었다.

이 계획에 따라 산둥함대가 후방에서 대기하고 있었다. 대기하고 있던 산둥함대는 제2함대의 연락을 받고는 서서히 출력을 높였다.

그러나 산둥함대의 기동은 오래가지 못했다.

꽝!

갑자기 굉음과 함께 산둥함대 기함의 측면에서 거대한 불기둥이 치솟았다. 솟구친 불기둥은 이내 맹렬한 기세로 함정을 뒤덮었다.

이것이 신호였다.

꽝! 꽝! 꽝! 꽝!

기함을 따라 기동하려던 산둥함대 소속 함정이 연이어 불기둥을 뿜어 올렸다. 잠깐 사이에 산둥함대 소속의 함정 전체가 원인 모를 폭발로 화재에 휩싸였다.

데와 시게토 제독은 경악했다.

"이, 이게 어떻게 된 일이야? 주변에 어떤 함대도 없는데 대체 어디서 날아온 포탄이란 말인가?"

참모장도 혼이 반쯤 달아나 있었다.

"아아! 어떻게 이럴 수가 있단 말인가."

이때 참모 1명이 소리쳤다.

"제독님, 한국이 잠수함 공격을 한 것 같습니다!"

데와 시게토가 깜짝 놀랐다.

"맞아! 잠수함이 있었지! 지금 즉시 모든 참모들은 주변 바다를 수색해 잠수함을 찾아라!"

그의 지시에 참모들이 사방으로 흩어졌다. 그러나 어느 방면에서도 잠수함은 흔적도 보이지 않았다.

꽝! 꽝! 꽝! 꽝!

이러는 동안 산둥함대는 재차 공격을 당했다. 그리고 이 공격에 무력하게 떠 있던 산둥함대 함정들이 하나둘씩 침몰하기 시작했다.

견시수가 소리쳤다.

"산둥함대 기함 가가가 침몰합니다!"

"방호순양함 후지마루도 침몰합니다!"

견시수는 연신 수장되는 산둥함대 함정의 이름을 피를 토하는 심정으로 소리쳤다. 마치 사형선고를 내리는 것과 같은 견시수의 외침에 맞춰 산둥함대 함정들은 차례로 침몰했다.

그러면서 바다는 이내 일본군과 각종 부유물로 뒤덮였다.

참모장이 건의했다.

"제독님, 저들을 구조해야 하지 않겠습니까? 구명정을 내릴 수 있도록 허락해 주십시오."

데와 시게토가 승인했다.

"그렇게 하라!"

참모장이 소리쳤다.

"구명정을 내려 생존자를 구제하라!"

그러나 지시는 이행되지 않았다.

꽝!

갑자기 굉음과 함께 엄청난 충격이 기함에 가해졌다. 그 바람에 갑판에 서 있던 제2함대 지휘부 모두가 뒤로 나뒹굴었다.

데와 시게토도 뒤로 나뒹굴면서 모래주머니에 머리를 심하게 부딪쳤다.

"으윽!"

순간 머리에 강한 충격이 가해졌다. 넘어진 데와 시게토가 심한 통증에 손으로 이마를 감쌌다. 그런 그의 머리에서 피가 줄줄 흘렸다.

나뒹굴었던 참모장이 일어나 다가오다가 데와 시게토의 상태를 보고는 깜짝 놀랐다.

"위생병! 제독님의 부상을 입었다! 위생병은 즉시 응급처치를 하라!"

참모장의 지시에 위생병이 달려왔다. 이러는 동안 데와 시게토가 일어나서 난간에 의지해 선체를 살폈다.

"아아!"

그가 바라본 선체는 포탄의 타격에 심하게 찢겨 있었다. 그런데 그 틈새로 바닷물이 내부로 쏟아져 들어가고 있었다.

데와 시게토는 망연자실했다.

"대체 이게 어떻게 된 일이야? 포탄 1발을 맞았다고 선체가 저렇게 심하게 훼손되다니."

참모장도 놀랐으나 급히 상황을 되짚었다.

"사령관님, 피격된 어뢰가 폭발했습니다. 그 바람에 저렇게 타격을 입은 것 같습니다."

위생병이 데와 시게토의 이마에 응급처치를 했다. 그 바람에 인상을 찌푸리던 데와 시게토는 주변에서 들린 굉음에 급히 고개를 돌렸다.

꽝!

폭발음과 함께 제2함대 기함 옆에 있던 순양함이 불길이 치솟았다. 그런 불길은 화약고를 덮쳤는지 이내 거대한 유폭이 발생했다.

꽈꽝! 꽝!

데와 시게토의 입이 벌어졌다.

"......!"

순양함은 유폭이 발생하면서 그대로 두 동강이 나 버렸다. 그렇게 동강난 순양함의 선체는 그대로 바다로 빨려 들어갔다.

기함에서 그 장면을 보던 2함대 지휘부는 넋이 나갔다.

함대 참모장이 장탄식했다.

"아! 5,000톤급 순양함이 저렇게 무력하게 침몰되다니. 눈으로 보고 있으면서도 믿기지가 않는구나."

그리고.

꽝!

다시 굉음이 터지면서 다른 함정에 불기둥이 치솟았다. 이 때부터 제2함대 함정이 1척씩 불기둥이 치솟았다.

도주할 틈도 없었다.

아니, 도주하고 싶어도 할 곳도 없었다. 바다는 넓지만 사방 어디에서도 보이지 않는 잠수함의 공격을 피할 길이 없었던 것이다.

그리고 얼마 후.

침몰하거나 불타고 있는 일본 함대에서 조금 떨어진 해상으로 잠수함 1척이 떠올랐다. 그 뒤를 이어 3척의 잠수함이 사방에서 몸체를 드러냈다.

먼저 모습을 보인 잠수함은 잠함 안무였다. 이어서 떠오른 잠수함은 대한제국의 기술력으로 건조한 잠수함들이었다.

잠함 안무의 함장이 해치를 열고 나왔다. 그리고 주변 바다를 꼼꼼히 둘러보다가 지시했다.

"부장! 본부로 무전을 보내라. 내용은 '목표 달성, 모든 적함 침몰 또는 침몰하는 중.'이라고 말이야."

"예, 알겠습니다."

이때였다.

우웅!

공중에서 엔진 소리가 들려왔다.

함장이 고개를 드니 본토 방향에서 정찰기 1대가 날아오고 있는 것이 눈에 들어왔다. 곧이어 목표 해역에 도착한 정찰기는 한동안 바다를 살폈다.

그러고는 잠함 안무가 있는 곳에 와서는 날개를 흔들어 축하 인사를 했다. 안무의 함장도 그런 정찰기에서 손을 흔들었고 그것을 확인한 정찰기는 이내 귀환했다.

함장이 해치를 덮으며 지시했다.

"자! 남은 목표물을 전부 수장시키도록 하자."

"예, 알겠습니다."

잠함 안무는 잠수를 하지 않았다.

그 대신 선체를 노출시킨 상황에서 전진을 하다가 어뢰를 발사했다. 그렇게 발사된 어뢰는 침수로 기울어져 있던 일본 제2함대 기함의 측면을 그대로 타격했다.

꽝!

겨우 명줄을 쥐고 깔딱대던 기함은 이 한 방에 그대로 복원력을 상실했다. 그러면서 선체가 급격히 기울다가 이내 뒤집혔다.

뒤집힌 기함은 천천히 수장되었다.

대진은 이날 밤을 꼬박 새웠다.

대한제국은 이미 일본의 동향을 알고 있었다. 일본 내부에서 활약하고 있던 제5열이 일본군의 움직임을 어렵지 않게 파악할 수 있었기 때문이다.

덕분에 일본이 대련을 포격한 뒤 대규모 병력이 상륙하려

한다는 계획도 알고 있었다.

계획을 입수한 대진은 즉각 국가안보 회의를 소집했다.

회의에서 군은 무조건 선전포고와 함께 선제타격을 주장했다. 그러나 미묘해진 국제 관계를 고려한 대진의 생각은 달랐다.

"이번 기회에 일본을 회생이 불가하게 짓밟아 놓아야 합니다. 그러기 위해서는 다른 나라가 간섭할 수 없을 정도의 절대적인 명분을 쥐어야 합니다. 일본은 분명 선전포고도 하지 않고 기습공격을 감행할 겁니다. 그러니 대련을 미끼로 내놓읍시다. 그리고 저들이 상륙을 감행할 때까지 대기하고 있다가 철저하게 궤멸시켜 버립니다."

이 제안에 상당수 지휘관들이 우려했다. 그만큼 대련은 최고의 군항으로 거듭나 있었기 때문이다.

대진이 설득했다.

"포격을 당한다고 해서 기반 시설까지 파괴되는 것은 아닙니다. 지상의 건물과 구조물은 추후 배상금으로 더 좋게 재건하면 됩니다. 그러니 나라의 미래를 위해 일본을 철저하게 복수할 계획을 세워 주세요."

이 말에 모두가 동조했다.

대련을 미끼로 삼는 계획이 진행되었다.

일본을 속이기 위해서는 항구에 상당수의 함정이 정박해 있어야 한다. 그래서 수군은 기존의 함대를 은밀히 철수시키고는 선령이 오래되어 표적함이나 해체될 함정으로 교체했다.

아울러 대련에 있던 주요 시설은 해체하거나 외부로 이동했다. 그렇게 한 달여의 작업으로 대련은 겉만 번지르르한 모습이 되었다.

기습공격 당일.

일몰과 함께 모든 병사들이 철수했다. 그리고 일본을 속이기 위해 남은 병력도 공격 직전 잠함 101호를 타고 탈출했던 것이다.

그런 대련을 향해 일본 제2함대가 대대적인 포격을 감행했다. 포격으로 항구 일대가 불바다가 되었으며 정박해 있던 함정 대부분이 파괴되었다.

일본 함대는 이런 장면을 보고 기습공격의 승리를 확신했다. 그래서 육군 병력 5만을 태운 산둥함대를 상륙시키려고 했다.

그러나 산둥함대가 움직임을 신호로 잠수함전대의 공격이 시작되었다.

이 시대에도 잠수함은 있었다.

그러나 기술력이 부족해서 수상으로 항해하다가 공격할 때만 잠깐 잠수하는 정도였다. 그것도 깊게는 잠수를 못해서 수상에서 살펴보면 잠수함이 보였다.

그러나 대한제국잠수함은 달랐다.

대한제국이 건조한 잠수함은 1,200톤급으로 100미터까지 잠수가 가능하다. 아울러 소나는 물론 유도어뢰가 14발이 장착되었으며 수중 작전 능력도 상당했다.

이런 잠수함 3척과 잠함 안무의 활약으로 일본 제2함대와 산둥함대 함정 전부와 대부분의 승조원, 그리고 5만 명의 일본 육군이 수장되었다.

대진과 함께 밤을 새운 국방대신과 군 지휘부가 승전 소식을 듣고는 다투어 인사했다.

"축하드립니다, 총리님."

"축하합니다."

대진도 환하게 웃으며 그들과 악수를 나눴다.

"예, 모두들 고생 많았습니다."

이때였다.

비서실장이 들어와 보고했다.

"총리님, 일본공사가 면담을 위해 찾아왔습니다."

대진과 모든 지휘관이 서로의 얼굴을 바라봤다. 사람들은 하나같이 어이없는 표정을 짓고 있었다.

국방대신 서영석이 혀를 찼다.

"쯧! 어떻게 예상이 한 치도 빗나가지 않네요."

합참의장도 동조했다.

"그러게 말입니다. 자! 그러면 총리님께서 일본공사를 면담하셔야 하니 우리는 돌아갑시다."

대진이 만류했다.

"그냥 앉아 계세요. 일본공사의 뻔뻔한 얼굴을 나 혼자만 보기 아깝습니다."

서영석도 일어나려다 다시 앉았다.

"일본공사는 자신들이 대련 공략에 성공한 것으로 알고 있 겠지요?"

"이렇게 출근시간에 맞춰 찾아오는 것을 보니 당연히 그럴 거야."

"무슨 말을 하는지 듣고 싶네요."

"기다려 봐."

잠시 후.

일본공사가 들어왔다.

일본공사는 총리집무실에 10여 명의 군 지휘관이 있는 것 을 보고 움찔했다. 그는 대련이 공격을 당했다는 소식을 듣 고 지휘관들이 모인 것으로 착각했다.

일본공사가 한숨을 내쉬었다.

그가 당당하게 대진에게 다가왔다.

"이른 아침부터 찾아뵈어서 송구합니다."

대진이 말을 받아넘겼다.

"급한 일이 있으니 공사께서 이런 시간에 찾아왔겠지요."

"그렇습니다."

일본공사가 가져온 서류를 내밀었다. 그 서류를 받아서 읽은 대진이 이마를 찌푸렸다.

"이게 무슨 말입니까? 대한통첩각서라니요? 그리고 이 긴 내용은 또 뭡니까?"

일본공사가 몸을 까닥했다.

"읽어 보시면 무슨 내용인지 아실 것입니다."

대진이 내용을 읽다가 어이 없어했다.

"협상을 통해, 합의에 도달하는 것이 불가능하다고 고려할 수밖에 없음을 통보해야 하는 것을 유감스럽게 생각한다? 무슨 말이 이렇게 꼬였어? 그래서 우리와 전쟁을 하겠다는 거요?"

"안타깝지만 본국 정부는 그렇게 결정할 수밖에 없습니다."

"기가 찬 말이네. 협상을 하려는 시도도 하지 않고 불가능할 거라고 지레짐작해서 전쟁을 하겠다는 거요?"

일본공사가 다시 몸을 까딱 숙였다.

"본국 정부의 결정이 그렇습니다."

대진은 탁자를 손가락으로 두드렸다. 그렇게 생각을 하던 대진이 일본공사를 노려봤다.

"공사는 과거 임진왜란에서 활약했던 이순신 장군을 아시오?"

명치유신 이후 일본은 일왕의 신격화와 자신들의 역사를 유리하게 고치거나 숨겼다. 그런데 임진왜란 당시 이순신 장군에게 연패했다는 사실만큼은 숨길 수가 없었다.

참전했던 일본 장수들이 워낙 많은 기록을 남겼기 때문이다. 고심하던 일본은 이순신 장군을 신격화하기로 결정했다.

그래야만 자신들의 패배가 당연하다는 주장을 할 수 있었던 탓이다. 그래서 일본공사도 이순신 장군의 공적에 대해 잘 알고 있었다.

"조선 최고의 명장이라는 사실을 잘 알고 있습니다."

"그렇군요. 그러면 이순신 장군이 일본군과 싸워 단 한 번도 패배하지 않은 사실도 알고 있겠네요."

"……그렇습니다."

"돌아가서 귀국 정부에 똑바로 전하시오. 이 시간 이후로 이 일대의 모든 바다에 임진왜란이 재현될 거라고 말이오."

일본공사는 순간 당황했다.

일본공사는 자신들의 대련 기습공격을 항의할 거라고 예상했다. 그래서 나름대로 변명을 준비해 왔는데 대진은 거기에 대해서는 일언반구도 없었다. 그저 이순신 장군과 임진왜란을 거론하기만 했다.

일본공사는 당황했으니 이미 선전포고를 한 마당이었기에 담담히 받아넘겼다.

"그렇게 전하지요."

"그리고 또 전하시오. 그대들이 어떤 생각을 하든 그 이상으로 철저하게 열도를 박살 내 줄 거라고 말이오. 그리고 이번에는 지난번과 같은 자비를 절대 바라지 말라고도 전하시오."

대진은 화를 내거나 언성을 높이지 않았다. 그럼에도 대진의 목소리를 듣는 일본공사의 몸은 절로 떨렸다.

"……그, 그렇게 전하지요."

"할 말을 다 했으면 그만 돌아가시오."

일본공사는 고개를 숙여 인사를 하고는 그대로 돌아갔다. 그렇게 꽁무니가 빠져라 돌아가는 모습을, 대진은 냉정하게 노려봤다.

이날 오전.

대진이 기자회견을 가졌다.

"국민 여러분께 알립니다. 일본은 오늘 새벽 선전포고도 하지 않고 대련을 기습공격을 감행했습니다. 그로 인해 수많은 희생자가 발생했으며 대련항의 각종 시설은 파괴되었고, 항구에 정박해 있던 함정 10척도 침몰하거나 대파되었습니다."

기자회견장이 크게 술렁였다.

"그러나 너무 걱정하지 않으셔도 됩니다. 대련을 공격하고 병력을 상륙시키려고 했던 일본 제2함대와 산둥함대는 본국의 반격을 받아 모조리 격침되었습니다. 그 결과 20척의 함정과 수만 명의 일본군도 함께 수장되었음을 알려 드립니다."

"우와!"

"와!"

방금 전 최악이었던 분위기가 급상승했다. 대진은 환호하는 기자들에게 손을 들어 자중시켰다.

"이렇듯 선전포고 없이 본국을 공격한 일본은 어처구니없게도 오늘 9시에 선전포고문을 저에게 가져왔습니다."

대진이 선전포고문을 들었다.

그것을 본 기자들의 입에서 격한 반응이 터져 나왔다. 대진이 다시 손을 들어 자중을 당부했다.

"이에 저는 저에게 부여된 권한에 따라 일본을 철저하게 응징할 것을 천명합니다. 이 시간 이후 일본을 드나드는 어떠한 배도 적으로 간주할 것입니다. 그러니 어떠한 나라의 배도 드나들지 않기를 간곡히 당부드립니다. 이 조치는 일본이 강점하고 있는 산둥 일대에도 해당된다는 점을 잊지 말아 주시기를 바랍니다."

대진이 좌중을 죽 둘러봤다. 기자회견장에는 대한제국의 위상에 걸맞게 외국 기자들도 다수 참석해 있었다.

대진이 말을 이었다.

"이번 전쟁은 일본이 도발했습니다. 그런 일본을 우리 대한제국은 철저하게 응징할 것입니다. 그래서 두 번 다시 삿된 생각을 품지 못하도록 만들어 버릴 것입니다. 이런 일본을 도와주는 나라는 그 또한 우리의 응징을 받게 된다는 사실을 잊지 말기 바랍니다."

대진이 숨을 골랐다.

"존경하는 국민 여러분! 국민 여러분께서는 우리 군을 믿고 현업에 집중하시기 바랍니다. 우리 군은 반드시 일본의

야욕을 섬멸해서 오늘의 이 치욕을 몇십 몇백 배로 되갚아
줄 것입니다."

　이날 오후.

　대한제국의 모든 신문이 호외를 발행했다. 아울러 유럽과
미국의 주요 신문도 한일 양국 간에 전쟁이 일어났다는 소식
을 비중 있게 다뤘다.

　그런 다음 날 새벽.

　산둥함대의 모항인 위해위와 산둥청도에 대한제국 함대가
나타났다.

　쾅! 쾅! 쾅! 쾅!

　대한제국 함대는 두 항구에 무차별포격을 감행했다.

　그런 대대적인 포격에 일본의 해안포대가 반격을 하기는
했다. 그러나 현격하게 차이 나는 사거리 때문에 대한제국
함대에 조금의 피해도 입히지 못했다.

　이 포격으로 두 항구는 초토화되면서 산둥에 주둔하고 있
는 일본 육군의 발을 묶어 버렸다.

　일본은 기습공격으로 우위에 서려 했다.

　그러나 대한제국의 미끼 작전에 공격은 실패로 돌아갔다.
그리고 동시에 2개의 함대와 5만 명의 병력을 상실했다.

　일본 내각은 제2함대와 산둥함대가 몰살되었다는 소식에
경악했다. 그런 일본은 부랴부랴 연합함대를 결성하고는 대

대적인 반격을 준비했다.

연합함대가 노린 곳은 일본과 가장 가까운 항구인 부산이었다. 대한제국의 수도인 요양 주변을 공략하는 것이 좋은데 그러려면 서해를 관통해야 한다.

지금과 같은 상황에서 연합함대의 장거리 항해는 득보다 실이 더 많았다. 그래서 모든 함정을 사세보로 집결해서 보급을 마치고서 출항했다.

이때가 대련을 기습 포격한 지 불과 한 달이 채 지나지 않았을 때였다. 다급해진 일본으로서는 최선을 다한 공격 준비였다.

연합함대 사령장관은 이주인 고로[伊集院 五郎] 제독이었다. 그는 철저하게 훈련을 맹신하는 지휘관으로 소문나 있었다.

그런 이주인 고로의 지휘로 연합함대는 짧게나마 강력한 훈련까지 마쳤다. 연합함대 기함은 19,300톤급 전함 사츠마[薩摩]였다.

사령장관 이주인 고로가 기함과 함께 항진하는 전함 카와치[河內]를 바라보고 있었다.

기함의 함장이 다가왔다.

"제독님, 무엇을 바라보고 계십니까?"

"카와치를 바라보고 있었네."

기함의 함장이 카와치를 바라봤다. 기함보다 큰 21,000톤급의 카와치는 3개의 연돌에서 시꺼먼 연기를 내뿜으며 바다를 가르고 있었다.

"보는 것만으로도 가슴이 벅찹니다. 불과 몇 년 전만 해도 저런 전함을 우리 손으로 건조하게 될 줄은 생각지도 못했습니다."

"한국 덕분이지. 한국이 아니었다면 우리가 이처럼 빠르게 건함 기술력을 배양하지 못했을 거야."

"맞는 말씀입니다. 한국이 폭발적인 경제성장에 놀란 내각이 대대적인 투자를 해 준 덕분이지요."

"그러나 아쉬워. 저 전함에 들어간 기자재의 80%가 영국 제잖아."

"너무 아쉬워하지 마십시오. 제가 듣기로는 다음에 건조할 전함은 거꾸로 80%가 우리 제품이라고 했습니다."

"오! 그래?"

"예, 그리고 미국에서 기술을 도입해 잠수함도 대대적으로 건조한다고 합니다."

잠수함이라는 말에 이주인 고로의 안색이 흐려졌다.

"으음! 제2함대와 산둥함대가 전멸한 것이 잠수함 공격 때문이라고 하던데. 그게 정녕 사실일까?"

"2함대 사령관이신 데와 시게토 제독님의 마지막 보고이니 맞을 겁니다."

이주인 고로가 고개를 저었다.

"아쉬운 인물이 돌아가셨어. 데와 시게토 제독은 우리 일본 해군에서도 독보적인 명장이었는데 말이야."

"어쩔 수 없는 일입니다. 저도 그런 일을 당하면 함정과 함께 죽을 각오입니다. 하물며 책임감이 누구보다 강한 데와 제독께서 그러신 것은 너무도 당연한 일입니다."

이주인 고로는 묵묵히 고개를 끄덕였다. 그런 모습을 본 기함의 함장이 묵례를 하고는 물러났다.

연합함대는 천천히 북상했다.

연합함대는 극도로 조심하며 항해했다. 그런 연합함대가 막 대마도 부근에 도착했을 때였다.

쉬익!

갑자기 굉음이 들려왔으며 동시에 전함 카와치의 갑판에 엄청난 폭발이 일어났다.

꽈꽝!

이주인 고로는 혼비백산했다.

"적이다! 적 함대가 어디 있는지 모든 견시수들은 주변을 살펴라!"

우왕!

비상사이렌이 울리면서 연합함대가 갑자기 부산해졌다. 그러나 이런 부산함에도 아랑곳없이 또다시 포탄이 날아왔다.

꽈꽝! 꽝!

날아온 포탄은 정확히 목표물을 타격했다. 그렇게 폭격을 받은 함정 중 1척이 거대한 유폭과 함께 그대로 폭발했다.

꽈쾅! 꽝!

이주인 고로는 당황해서 허둥댔다.

그가 소리쳤다.

"견시수! 적 함대가 어디에 있는 것이냐!"

마스트 위에 있는 견시수가 대답했다.

"어디에도 적 함대가 보이지 않습니다!"

"뭐야! 적 함대가 보이지 않아?"

"그렇습니다. 연돌의 연기도 보이지 않고 적 함대의 그림자도 보이지 않습니다."

참모장이 급히 보고했다.

"사령장관님, 적 함대가 아마도 대마도 너머에 있는 것 같습니다."

이주인 고로가 버럭 화를 냈다.

"지금 무슨 소리를 하는 거야! 대마도는 섬의 길이가 80킬로미터가 넘어! 그런 대마도너머에 함대가 있다니!"

참모장이 말을 정정했다.

"대마도의 너머가 아니라 대마도의 섬 그림자에 적 함대가 숨어 있는 것 같습니다."

이주인 고로가 고개를 저었다.

"여기서 대마도까지도 10킬로미터가 훌쩍 넘는다. 그런데 어떻게 섬 그림자에 숨어 있는 함대가 여기까지 함포를 쏠 수 있단 말인가?"

꽈꽝! 꽝!

이런 대화를 하는 동안에도 포탄이 날아와 연합함대의 함정을 차례로 박살 냈다. 놀랍게도 날아온 포탄은 거대한 폭발을 일으키며 타격 지점을 여지없이 박살 냈다.

더 놀라운 사실은 그렇게 날아온 포탄은 단 1발도 오발된 것이 없다는 점이었다. 이주인 고로는 그런 장면을 보면서 몸을 부들부들 떨었다.

"아아! 이게 대체 어떻게 된 일이란 말인가. 보이지도 않는 적군에서 포탄이 날아온 것도 놀라운데 단 1발의 오발도 없어. 그뿐이 아니라 포탄이 폭발까지 하고 있어!"

이때였다.

쉬익!

참모장이 소리쳤다.

"피하십시오!"

참모장은 그대로 이주인 고로를 덮쳤다.

그 순간.

연합함대 기함 사츠마의 갑판으로 포탄이 떨어졌다. 그와 동시에 갑판 절반이 날아가는 대폭발이 일어났다.

꽈꽝!

대한제국은 일본 함대가 사세보로 함정을 집결할 때부터 예의 주시하고 있었다. 그래서 연합함대가 결성될 즈음에는 이를 상대하기 위해 대한제국 2개 함대가 대기하고 있었다.

이 함대의 주력 함정에는 각각 10여 발의 미사일이 탑재되어 있었다. 비록 사거리가 40킬로미터에 불과한 초기 형태였지만 위력만큼은 대단했다.

더구나 미사일에는 니콜라 테슬라 박사 등이 개발한 유도 장치가 장착되어 있었다. 그 바람에 연합함대를 정밀 타격할 수 있었다.

연합함대 참모장의 예상대로 대한제국 함대는 대마도의 섬 그림자에 숨어 있었다. 대한제국 함대는 대마도에 설치된 중계기 덕분에 일본 연합함대의 행적을 처음부터 추적하고 있었다.

그래서 일본 연합함대가 최대로 접근해 올 때까지 기다렸다가 미사일 공격을 감행한 것이다. 잠수함의 유도어뢰도 대단하지만 미사일은 엄청난 속도로 인해 상대를 완전히 압도한다.

섬 그림자와 먼 사거리로 인해 일본 연합함대는 어떠한 반격도 할 수가 없었다. 그저 대한제국 함대가 쏘아 대는 미사일에 속절없이 당할 뿐이었다.

연합함대 기함은 사츠마는 미사일 공격에 갑판이 쑥대밭이 되었다. 그런 갑판에서 잠깐 기절해 있던 이주인 고로가 겨우 정신을 차렸다.

"으으!"

겨우 정신을 차렸으나 온몸이 쑤셨다. 더구나 참모장이 몸으로 막는 바람에 이주인 고로는 억지로 참모장을 밀치고 일어났다.

그런 그는 깜짝 놀랐다. 자신을 보호하기 위해 몸을 덮친 참모장이 눈을 부릅뜬 채 죽어 있었기 때문이다.

그러나 애통해할 시간도 없었다.

사방이 온통 비명 소리로 가득했고 갑판의 절반이 날아가 아래가 훤히 내려다보였다. 그런 선채의 내부에서는 검은 연기가 치솟고 있었다.

이주인 고로가 소리쳤다.

"함장! 함장은 어디 있나!"

그의 소리에 정신을 잃고 있던 기함의 함장이 겨우 깨어났다.

"예, 여기 있습니다."

"빨리 일어나 피해 상황을 파악해 보도록 하라!"

"예, 알겠습니다."

함장이 벌떡 일어났다. 그러나 그는 이내 비명을 지르며 바로 주저앉았다.

"으윽!"

"무슨 일인가?"

"다리, 다리가 부상을 입었습니다."

이주인 고로가 놀라 다가갔다. 그러자 함장의 다리에 파편이 박혀 있는 것이 눈에 들어왔다.

"부상이 심각하구나."

"죄송합니다. 제독님의 명을 받들지 못할 것 같습니다."

"아니다. 우선은 치료가 급하니 응급처치부터 하라."

대화가 오가고 있을 때에도 미사일은 쉼 없이 날아왔다. 그렇게 날아온 미사일은 여지없이 연합함대의 함정을 타격했다.

꽈꽝! 꽝!

이주인 고로는 이를 갈았다.

그러나 이런 상황에서 그가 할 수 있는 일은 아무것도 없었다. 그리고 이러한 그의 행동도 얼마 지나지 않아 불가해졌다.

대한제국 함대에서 날아온 미사일이 연합함대 기함인 사츠마를 또다시 타격했다.

꽈꽝! 꽝!

그러고는 끝이었다.

일본 연합함대가 전멸되었다는 소식은 곧바로 요양으로 전달되었다.

대진이 기자회견을 자청했다.

"국민 여러분께 보고드립니다. 금일 대한해협 해상에서 본토를 공격하기 위해 출항한 일본 연합함대를 모조리 격침시켰습니다. 일본 연합함대는 21,000톤급 대형 전함을 비롯한 30여 척으로, 단 1척도 살아 돌아간 함정이 없습니다."

펑! 펑! 펑! 펑!

순간 플래시 터지는 소리가 진동했다. 대진은 잠깐 기자들을 위해 포즈를 취하고서 말을 이었다.

"이제 시작입니다. 우리 대한제국은 선전포고도 없이 본국을 공격한 일본에 철저하게 응징할 것입니다. 그러니 다시 말하지만 어떠한 국적이 선박도 일본열도에 입항하지 말기 바랍니다. 만일 이 경고를 무시하고 일본에 정박했다가 피해를 입는다면 전적으로 해당 선박의 책임임을 다시 한번 밝히는 바입니다."

대진이 잠깐 숨을 골랐다.

"그리고 내일, 일본은 우리 대한제국이 실시하는 첫 번째 보복을 맞보게 될 것입니다."

누군가 소리쳤다.

"첫 번째 보복이 무엇입니까?"

대진은 이 질문에 대답하지 않고 기자회견을 끝냈다. 기자들은 아쉬워하면서도 원고를 송고하기 위해 앞다투어 회견장을 빠져나갔다.

다음 날.

대한제국은 태평양 제1, 제2함대 제7함대를 동원해 일본열도를 포위했다. 각 함대에는 각각 항공모함이 배치되어 있었다.

날이 밝자 3척의 항모에서 각각 40기의 공격기가 이륙을 시작했다. 날아오른 공격기는 전부 묵직한 포탄을 탑재하고 있었다.

항공모함에서 이륙한 공격기는 일본의 3대 도시인 동경과 오사카, 나고야로 날아갔다.

그리고 1시간 후.

꽈꽝 화악! 꽈꽝! 화악!

40기의 공격기는 탑재한 포탄을 목표지역에 투하했다. 투하된 포탄은 전부가 소이탄으로 폭발과 함께 거대한 불기둥을 뿜어 올렸다.

지상에서 솟구친 엄청난 불길은 이내 도심을 뒤덮었다. 공격편대는 그런 도심을 내려다보면서 유유히 귀환했다.

이날 각 항모에서는 모두 다섯 번에 걸쳐 공격기가 출격했다. 그렇게 출격한 공격기는 세 도시를 철저하게 파괴시켰다.

이것이 시작이었다.

폭격은 보름 동안 지속되었다.

항공 방어 체계가 전혀 없던 일본은 그저 속수무책으로 당해야 했다. 매일 다섯 차례씩 출격한 공격기는 일본의 주요 도시를 쑥대밭으로 만들었다.

그뿐이 아니었다.

대한제국은 제5열을 통해 일본군의 배치 현황을 정확히 꿰뚫고 있었다. 폭격은 일본군이 주둔한 부대를 파괴하면서 막대한 인명 손실을 입혔다.

일본은 봄에 바람이 많이 분다.

폭격은 꽤 많은 지역에서 산불이 되었다. 그런 산불은 강한 봄바람의 영향으로 급격하게 번지며 곳곳이 대형 산불로 뒤덮였다.

이렇게 시작된 산불은 쉽게 잡히지 않았다. 그 바람에 일본은 이중 삼중이 고통을 겪어야 했다.

폭격이 진행되는 동안 대한제국군이 부산으로 집결했다. 집결한 부대는 육군의 기계화사단과 해병대의 사단 병력 등 10여만이었다.

대한제국은 자동차가 상용화되면서 전차와 장갑차도 적극적으로 개발해 나갔다. 이렇게 해서 개발된 전차와 장갑차는 비록 1세대지만 이 시대의 포격은 충분히 견뎌 낼 수 있을 정도였다.

기계화사단과 해병 병력은 이런 전차와 장갑차로 중무장되어 있었다. 그리고 군용트럭과 기관총이 거치된 소형 트럭도 대량으로 보유하고 있었다.

이러한 병력과 군수물자가 대형 수송선에 선적되었다. 10여만에 달하는 병력과 수많은 화기를 선적하느라 보름 동안 부산항의 불은 밤에도 꺼지지 않았다.

그렇게 모든 병력과 화기를 선적한 수송함대가 드디어 부산을 출발했다.

　대한제국의 상륙 지점은 시모노세키다.

　시모노세키에는 대한제국민은 물론 대한제국과 관련된 사업을 하는 사람이 많이 산다. 대한제국은 그래서 포격하기 전 항공기를 이용해 대량의 전단을 살포해 현지 주민의 대피를 유도했다.

　쾅! 쾅! 쾅! 쾅!

　대대적인 함포사격이 먼저 시작되었다. 대한제국 해군은 시모노세키를 이틀 동안 포격했다.

　함포사격은 정찰기까지 동원되어 진행되었다. 덕분에 함포사격은 정밀하게 진행되어서 원정군이 시모노세키 앞바다에 도착했을 즈음에는 시모노세키 일대가 깨끗해졌다.

　그만큼 이틀간의 포격이 격렬했다.

　6월 초.

　본격적인 상륙 작전이 전개되었다.

　수륙양용장갑차가 먼저 투입되었다. 이 수륙양용장갑차는 마군이 보유한 장비로 이 시대의 어떠한 포격에도 견뎌 낼 정도로 장갑이 우수하다.

　비록 연식이 오래되어 20척만 상륙전에 참여했지만 천하무적이나 다름없었다. 수륙양용장갑차는 조금의 저항도 없이 상륙에 성공했다.

최적의 위치를 확보한 장갑차 병사들을 쏟아 냈다.

"뛰어! 뛰어!"

"서둘러 방어선을 구축하라."

비록 200여 명에 불과했지만 해병수색대원들은 능숙하게 방어선을 구축했다. 구축된 방어선에는 10여 정의 기관총이 거치되었다.

방어선이 구축되자 본격적인 상륙 작전이 시작되었다. 선봉은 해병수색대의 본대로 이 병력은 수없는 훈련을 통해 상륙에 특화되어 있었다.

해병수색대는 장갑차를 앞세우고 상륙했다. 이미 함포사격으로 상륙 지점을 초토화한 덕분에 해병수색대의 상륙은 조금의 거리낌도 없었다.

상륙한 해병수색대는 방어선을 대폭 확장했다. 지상에서 이런 작업을 하는 동안 정찰기는 주변을 샅샅이 정찰하며 만일의 사태에 대비했다.

그렇게 해병수색 병력과 장갑차가 교두보를 완전히 구축하고 나서야 본진의 상륙이 진행되었다.

먼저 해병사단이 상륙해 시모노세키 점령을 시작했다. 이를 위해 장갑차를 동원한 일본군 소탕 작전을 시작했다.

이러는 동안 육군기계화사단도 상륙했다. 이어서 대형 수송선이 부두에 정박해서는 가져온 전차를 비롯한 각종 장비를 하역했다.

이틀 동안의 정밀 포격 덕분에 시모노세키에 남아 있는 일본군은 없었다. 그 바람에 원정군의 상륙 작전은 조금의 피해도 없이 신속하게 진행되었다.

며칠 동안 상륙을 마친 원정군은 병력을 점검하고는 진격을 시작했다.

"전군 출발하라!"

원정군사령관의 명령에 전차가 먼저 기동했다. 수백 대의 전차는 지축을 뒤흔들며 전진했으며 그 뒤를 장갑차와 일반 보병이 따랐다.

드디어 열도 공략이 시작된 것이다.

대한제국군 지휘부는 열도에 상륙한 경험이 있었다. 덕분에 일본 본토에서의 이동경로를 손쉽게 잡을 수 있었다.

육군의 진격에 공군과 해군이 함께했다. 대련해전과 일본 연합함대의 궤멸로 일본의 해군력은 거의 유명무실해졌다.

열도에는 대공방어가 전무했다.

그래서 부산에서 항공대가 날아가 규슈와 일본 본토 남부를 무차별 폭격했다. 여기에 항모를 보유한 3개 함대가 열도의 바다를 장악해서는 지속적으로 공격기를 띄워 폭격했다.

이러한 공중폭격이 진행되고 나서 육군의 진격이 진행되었다. 전차와 장갑차를 앞세운 진격은 거칠 것이 없었다.

일본의 주택은 대부분 목조다. 새로운 건물을 지어도 외곽을 제외하면 내부는 거의 목조였다.

이런 목조 위주의 건물에 공중에서 투하된 소이탄은 재앙이었다. 축구장의 3~4개 면적을 초토화하는 소이탄 수십 발이 투하되면 웬만한 도시는 불바다가 된다.

그뿐이 아니라, 도시가 넓으면 몇 번이나 폭격을 거듭한다. 그래서 공습이 지나간 도시는 거의 초토화되었다.

수많은 인명이 살상되었으며 대부분의 민간인은 폭격이 시작되면 도주할 수밖에 없다. 이런 도시를 전차와 장갑차를 앞세운 기계화사단과 해병사단이 진격하였다.

꽝! 꽝! 꽝! 꽝!

"철저하게 파괴하라! 우리가 지나간 자리에 제대로 서 있는 건물이 있어서는 안 된다."

대한제국은 그동안 수많은 군수물자를 생산해 놓고 있었다. 그런 군수물자 중에는 포탄도 엄청나게 많았다.

대한제국군은 의도적으로 진격을 천천히 했다. 그리고 보유하고 있는 포탄을 모조리 쏟아부으며 철저하게 파괴했다.

일종의 재고 소진이었다.

그 바람에 진군은 늦어졌으나 대한제국은 크게 신경 쓰지 않았다. 이렇게 된 데에는 일본의 오판이 결정적 작용을 했다.

일본은 모든 국력을 쏟아부어 대륙에서의 세력 확장을 노려 왔다. 그래서 산둥에 무려 50만의 병력을 투입했는데 이것이 문제였다.

일본은 대한제국이 이처럼 빨리 공격을 해 올 거라는 예상을 하지 않았다. 그래서 산둥에서 하루 거리인 대련 기습공격이 성공할 거라고 확신했다.

그런데 막상 공격해 보니 아니었다.

대한제국은 연이은 해전에서 일본 해군을 철저하게 섬멸했다. 그러고는 최단 시간에 병력을 모아 일본 본토로 상륙했다.

이런 속도전과 무차별폭격은 일본이 본토 방어를 준비할 시간을 주지 않았다. 더구나 상륙한 지상군의 압도적인 화력을 앞세운 진격에 일본군은 무력하게 무너졌다.

동경의 일본 정부 내각 방공호.

일본은 몇 년 전 총리대신 관저 주변에 대규모 방공호를 건설했다. 대한제국이 항공기 개발에 성공한 것에 불안을 느꼈기 때문이다.

대한제국 육군이 상륙한 며칠 후.

방공호에서 총리인 가쓰라 다로가 내각회의를 개최했다. 그런데 참석한 내각 대신의 숫자가 절반도 안 되었다.

가쓰라 다로가 확인했다.

"서기관장, 다른 분들은 어떻게 된 것이오?"

서기관장은 일본 내각에서 총리를 직속 보좌하는 대신이었다. 내각서기관장 시바타 가몬이 대답했다.

"참석을 못 하신 분들은 안타깝지만 폭격 이후 사망하시거나 실종되셨습니다."

가쓰라 다로가 장탄식을 했다.

"아아! 나를 포함한 11명의 대신 중에 절반 이상이 유고되었다니."

육군대신 데라우치가 이를 갈았다.

"으득! 한국의 첫 번째 공습이 하필이면 모든 사람이 출근해 있는 9시에 시작되었습니다. 그 바람에 내각 대신은 물론이고 내각 부서의 관리 중 상당수가 폭사했습니다."

해군대신 사이토가 나섰다.

"육군성과 해군성도 한국군의 공습에 건물이 전소되었습니다. 다행히 저와 육군대신은 대본영을 설치하기 위해 히로시마로 내려간 바람에 화를 피했습니다. 그러나 해군과 육군의 장성과 장교들 수백 명이 안타깝게 희생되었습니다."

가쓰라 다로가 한숨을 내쉬었다.

"후우! 그나마 불행 중 다행이네요. 지금 같은 상황에서 육해군을 책임지는 두 분마저 없었다면 대책 마련이 더 어려워졌을 겁니다."

고무라 외상이 나섰다.

"희생당한 분은 안타깝지만 더 거론하지 않으셨으면 합니다. 지금은 이 난국을 어떻게 수습하느냐가 당면 과제입니다. 특히 어소가 전소되며 화를 당한 황태자 전하 부부와 여러 친왕들의 장례 문제부터 해결해야 합니다."

대한제국은 폭격 첫날.

일왕의 거처와 내각 부서가 몰려 있는 치요다[千代田] 지역을 집중 포격했다. 그 결과 어소와 내각 건물 다수가 전소되면서 수많은 사상자가 발생했다.

그런 와중에 일본 왕세자와 왕족 다수가 사망했으며 대신들도 몇 사람이 폭사했다. 그렇게 사망한 왕세자와 왕족이 어소에 가매장되어 있었다.

가쓰라 다로가 난감한 표정을 지었다.

"황태자 전하 내외와 여러 친왕 전하들이 돌아가신 일은 안타깝습니다. 하지만 매일 폭격이 진행되고 있는 이런 상황에서 국장을 치를 수는 없지 않겠습니까?"

"가매장을 하고 벌써 상당 기간이 지났습니다. 아무리 어려움이 많더라도 정식 장례라도 치러야 합니다. 그것이 신민의 도리이며 병환 중이신 천황 폐하의 심중을 헤아리는 일일 것입니다."

폭격이 있던 날 일왕은 육해군대신들과 함께 히로시마에 내려가 있었다. 그러다 폭격이 시작되었다는 급보를 받고 급히 피신한 덕분에 무사할 수 있었다.

일왕은 폭격에는 무사했다. 그러나 왕세자를 비롯한 여러 왕족이 폭사했다는 말에 몸져누웠다.

고무라 외상이 다시 나섰다.

"더 큰 문제는 황태손이신 히로히토[裕仁] 님과 두 분 친왕까지 서거하신 일입니다. 안타깝게도 이번 폭격으로 우리 황가의 대통이 끊겨졌습니다. 아무리 전란 중이라고 해도 이에 대한 조치는 하루빨리 이뤄져야 하지 않겠습니까?"

모두의 안색이 흐려졌다.

가쓰라 다로가 무겁게 입을 열었다.

"지금으로선 황실 대통에 가장 가까운 친왕을 입적시키는 것이 최선이겠지요."

이 말에 모두가 한숨을 내쉬었다.

명치일왕은 효명일왕의 서자다.

그런 일본 왕가는 손이 귀하였으나 왕세자 요시히토[嘉仁]가 세 아들을 두면서 어려움을 덜었다. 그러다 이번 폭격에 모두 사망하면서 효명일왕의 직계가 끊겨 버렸다.

데라우치의 표정이 굳어졌다.

"어느 분을 옹립하든 우리는 그분께 충성을 다하면 됩니다. 지금은 당장에 처한 난국을 헤쳐 나가는 것에 국력을 집중해야 합니다. 오늘 이 시간에도 한국의 폭격에 수많은 희생자가 발생하고 있습니다. 아울러 한국군의 전격으로 피해가 극심하게 발생하고 있습니다."

사이토 해군상도 동조했다.

"맞습니다. 지금은 난국 수습이 우선입니다."

고무라 외상이 강하게 나갔다.

"그 부분은 군을 책임지고 있는 두 분이 알아서 헤쳐 나가

야 할 문제 아닙니까? 그렇게 하시라고 현역 장성인 분이 입
각해 있는 거 아닙니까?"

고무라 외상의 지적에 육해군대신의 안색이 동시에 붉어
졌다. 가쓰라 다로도 이점에는 동감을 표시했다.

"외상의 말씀대로 이 문제만큼은 두 분이 해결해 주셔야
합니다. 어떻게, 혜안이 있으십니까?"

육군상인 데라우치는 말도 못 하고 얼굴만 붉혔다. 해군상
인 사이토는 머뭇거리다 한숨과 함께 상황을 보고했다.

"안타까운 일이지만 지금 당장 한국의 해군력을 상대할 만
한 함정이 없습니다."

쾅!

가쓰라 다로가 탁자를 내리쳤다.

"그런 말씀을 들으려고 해결 방안을 여쭌 것이 아닙니다.
열도에 있는 병력은 전부 다 전투력이 현격히 떨어지는 예비
사단뿐입니다. 반면에 산둥에는 최정예 병력 45만의 발이 묶
여 있고요. 해군은 수단 방법 가리지 않고 이 병력을 데려와
야 하지 않겠습니까?"

사이토 해군상이 난감해했다.

"우리 해군도 노력하지 않은 것이 아닙니다. 그러나 한국
이 우리 일본으로 향하는 모든 선박을 적으로 규정한 것이
문제입니다. 한국 총리의 공개 협박이 있고 나서 어느 나라
도 선박을 빌려주려 하지 않고 있습니다. 아시겠지만 그 이

후 본국에는 어떠한 선박도 입항하지 않고 있고요."

가쓰라 다로가 한숨을 내쉬었다.

"어쩔 수 없는 일이지요. 그렇다면 본토에 남아 있는 육군만으로 이 난국을 해결해야 하는데, 가능하겠습니까?"

데라우치는 어렵다는 말을 하고 싶었다. 그러나 지금의 상황에서 자신마저 손든다면 항복을 할 수밖에 없었다.

그가 이를 악물었다.

"총동원령을 내려놓은 상황입니다. 그래서 예비 병력이 지금 속속 입대하고 있어서 곧 수십만의 방어 병력을 충원할 수 있을 겁니다. 그 병력으로 히로시마와 오사카 그리고 나고야를 비롯한 요충지에 방어선부터 구축하겠습니다."

가쓰라 다로가 당부했다.

"잘 부탁드립니다. 한국군이 보유한 화력이 대단해서 어려움이 많을 것입니다. 그러나 지금의 우리 일본이 믿을 수 있은 것은 오직 육군뿐입니다."

"명심하겠습니다."

일본은 자신들이 가용한 모든 병력을 동원했다. 그렇게 동원한 병력을 최소한의 무기만 지급하고는 인해전술처럼 전선으로 밀어냈다.

그러나 무리한 전력이었다.

무작정 병력을 밀어 넣는 구시대적 방어 전략은 전혀 제구실을 못 했다. 그렇게 된 가장 큰 원인은 공격기에 의한 폭격 때문이었다.

일본이 방어선을 구축해 놓으면 공격기가 대거 출동해 그 일대를 초토화했다. 이런 폭격에 대한제국은 철저하게 소이탄을 동원했다.

소이탄의 인화성 물질은 불이 붙으면 물에도 꺼지지 않는다. 이런 소이탄이 투하되면 지상은 불바다로 변하면서 남아나는 것이 없다.

그럼에도 살아남는 병력이 있다.

그런 병력은 공격기의 기관총 세례에 벌집이 되고는 했다. 그래서 대한제국 공격기가 나타나기만 하면 일본군은 혼비백산 도망치기 바빴다.

그렇게 초토화된 전장을 전차와 장갑차를 앞세운 병력이 진군하며 정리했다. 이런 상황에서 방어선을 구축한다는 것은 빛 좋은 개살구였다.

대한제국은 전쟁을 이기려고만 하지 않았다. 회생하지 못하도록 철저하게 파괴하려는 것이 이번 전쟁의 목적이었다.

그래서 진군도 속도를 내지 않았다. 그 대신 이전의 한일전쟁보다 더 철저하게 정리하며 진군했다.

이런 공격 때문에 가장 큰 피해를 보는 것은 일본 민간인이었다. 폭격이 이어지면서 도시의 일본인들은 전부 산지로 숨어들었다.

그렇게 주민들이 흩어지면서 일본 정부의 징병은 더욱 어려워졌다. 그래도 어렵게 병력을 모아 방어선을 구축해 봐야 공격기만 뜨면 그대로 흩어져 버렸다.

도주하는 병사를 지휘관들이 막지를 못했다. 아니 공격기만 뜨면 그들이 먼저 도망치기 바빴다.

그 바람에 병력을 내려보내고 흩어지는 일이 반복되었다. 시간이 지날수록 징집되는 병력은 눈에 띄게 줄어들면서 일본은 절체절명으로 몰렸다.

나라가 위급 지경에 처하면서 일본 정부는 각국에 도움을 요청했다. 특히 군사동맹을 맺고 있던 영국에는 거의 읍소하면서 도움을 요청했다.

그러나 영국은 냉정했다.

영국 총리가 선포했다.

"이번 전쟁은 일본이 선전포고도 없이 한국의 대련을 선제타격하면서 일어났습니다. 아무리 우리가 일본과 군사동맹을 맺었다고 해도 국제법도 지키지 않는 일본을 도와드릴 수는 없습니다. 우리 대영제국은 이번에 절대 중립을 지킬 것입니다."

일본더러 죽으라는 말이나 다름없었다.

영국은 대한제국의 위상이 높아지는 것을 결코 바라지 않았다. 그러나 이번처럼 명분이 확실한 전쟁에 쉽게 발을 들여놓을 수가 없었다.

이유는 또 있었다.

영국이 일본을 외면한 결정적 이유는 대한제국의 위상과 군사력 때문이었다.

영국은 대한제국이 항공모함을 이용해 다량의 공격기로 열도를 폭격한 사실에 경악했다. 그뿐이 아니라 잠수함만으로 2개 함대를 수장시켰다는 사실에도 크게 놀랐다.

열도 폭격이 한창이던 시간.

영국공사 존 조던이 대진을 방문했다.

"어서 오십시오, 공사님."

"바쁜데 찾아오신 것은 아닌지요."

대진이 웃었다.

"하하하! 솔직히 바쁘지 않다면 거짓말이겠지요. 맞습니다. 요즘 일본을 응징하기 위한 군사작전을 논의하느라 제대로 집에도 들어가지 못하고 있는 상황입니다."

"역시 그러시군요."

대진의 안색을 슬쩍 살피던 존 조던이 은근히 제안했다.

"적당한 시기를 봐서 일본과 종전 협상을 하시는 것은 어떻습니까? 우리가 파악한 바로는 일본열도의 상당 부분이 초토화되었다고 들었습니다만."

대진이 딱 잘랐다.

"미안하지만 공사님의 말씀은 듣지 않은 것으로 하겠습니다. 공사께서도 알다시피 일본은 선전포고도 없이 기습공격

을 했습니다. 그 바람에 본국은 막대한 피해를 입어야 했고
요. 다행히 우리의 대처 능력이 좋아서 기습공격을 물리쳤지
만 일본은 언제라도 기회가 되면 도발할 겁니다."

말을 마친 대진이 화난 표정으로 차를 단숨에 비웠다.

"우리 대한제국은 국가 안전을 위해서라도 일본을 절대 용
서할 수 없습니다. 우리는 일본을 철저하게 응징해 두 번 다
시 이번과 같은 짓을 저지르지 못하게 할 겁니다."

존 조던도 대한제국이 어떤 결의로 전쟁에 임하고 있는지
모르지 않았다. 그러나 일본의 거듭된 요청과 본국 정부의 지
시를 거부할 수가 없어서 대진에서 종전을 제안한 것이었다.

그가 씁쓸한 표정을 지었다.

"역시 종전은 없는 것이군요."

"그렇습니다. 일본의 무조건 항복해야 합니다. 그렇지 않
으면 우리는 열도를 침몰시키는 한이 있더라도 전쟁을 끝내
지 않을 겁니다."

존 조던이 무겁게 고개를 끄덕였다.

"알겠습니다. 총리님의 의향을 본국에 그대로 전하겠습니다."

"잘 부탁드립니다. 그리고 지난번에 절대 중립을 천명하
신 귀국의 총리께도 감사의 말씀을 전해 주시기 바랍니다."

"알겠습니다. 그리고 청이 하나 있습니다."

"말씀해 보십시오. 국익에 반하지만 않으면 당연히 들어
드려야지요."

존 조던이 조심스럽게 입을 열었다.

"귀국이 이번에 항공모함이라는 신형 전함을 건조했더군요. 그것도 수십 기의 전투기를 탑재할 수 있는 대형 함정을요."

대진이 부인하지 않았다.

"그렇습니다. 40기의 공격기 등을 탑재할 수 있는 항공모함을 3척 보유하고 있습니다."

존 조던의 눈이 커졌다.

"3척이나 보유하고 있다고요?"

"그렇습니다."

"아아! 대단하군요. 가능하다면 이번 전쟁에 우리 영국군이 관전할 수 있겠습니까?"

대진이 바로 말을 알아들었다.

"항공모함을 살펴보고 싶은 것입니까?"

"솔직히 그렇습니다."

대진의 표정이 굳어졌다. 그런 모습을 보니 존 조던이 존 조던이 간청했다.

"부탁드립니다. 솔직히 말씀드리면 본국은 지금 귀국의 항공모함 때문에 발칵 뒤집혔습니다."

"많이 놀랐겠지요."

"놀란 정도가 아닙니다. 본국도 항공모함의 기본 개념은 인식하고 있었습니다. 그래서 다양한 연구를 하고 있었는데 대부분 기존의 함정을 개조하는 것에 중점을 두고 있었습니다. 그러던 차에 귀국이 처음부터 항공모함을 건조했다는 사실을 알고는 거의 공황 상태가 되었습니다."

대진도 짐작하고 있던 부분이었다.

존 조던이 재차 부탁했다.

"그래서 저에게 명령이 떨어졌습니다. 어떠한 방법을 동원하더라고 귀국의 항공모함의 참관을 성사시키라고요."

대진은 이런 일이 있을 것을 예상하고 있었다.

'그렇지. 해군을 중시하는 영국이 항공모함의 출현을 그냥 두고 볼 리는 만무하지. 우리 입장에서도 이 시대의 최강국인 영국과 우호관계를 맺는 것이 국익에 도움이 된다. 그래야 장차 중동 문제도 원만하게 해결할 수 있고, 세계대전을 통해 막대한 수익을 거둘 수 있게 된다.'

그런데 이런 생각을 하고 있는 대진을, 존 조던은 고심하는 것으로 착각하고 있었다. 그래서 존 조던은 마른침을 삼키면서 결정을 기다렸다.

마침내 대진이 한숨을 내쉬며 입을 열었다.

"후! 난감하군요. 귀국과의 우호를 생각하면 참관에 동의하는 것이 맞기는 하지요. 그러나 10여 년 넘게 연구개발 해서 완성한 군사기밀을 보여 드리기가 쉽지 않네요. 현장에서 어떻게 생각하게 될지도 걱정이고요."

존 조던이 조건을 제시했다.

"이렇게 하시지요. 우리 영국의 대형 전함 건조 기술은 세계 최강입니다. 만일 귀국이 항공모함을 개방해 주신다면 본국도 그 기술을 전격적으로 개방하겠습니다."

하지만 이 제안은 대한제국에 실질적인 도움이 되지 않는다. 그래서 대진이 추가 제안을 했다.

"좋습니다. 그렇게 하지요. 그리고 이번 기회에 영일동맹을 파기해 주셨으면 합니다. 어차피 이번에 귀국이 중립을 선택하면서 양국의 동맹은 유명무실해졌지 않습니까?"

존 조던이 두말하지 않았다.

"그렇게 하겠습니다. 영일동맹은 5년마다 개정을 해야 해서 어차피 만기가 다 되었습니다. 귀국의 요청을 받았으니 이번에 일본과 재계약을 하지 않겠습니다."

"감사합니다."

두 사람이 웃으며 악수를 나눴다.

국제사회에는 영원한 적도, 아군도 없다.

영국은 대한제국의 폭발적인 성장에 큰 우려를 갖고 있었다. 그래서 일본과 군사동맹까지 맺어 가면서 경계해 왔다.

그러나 이번 전쟁에서 일본이 압도적으로 밀리는 것을 확인하고는 미련 없이 고개를 돌려 버렸다. 그리고 자국의 국익을 위해 서슴없이 대한제국과 손잡은 것이었다.

대한제국은 영국과의 협상에서 실질적으로 얻은 이익이 거의 없다. 있다고 해야 영일동맹의 파기 정도인데 어차피 일본은 이번 전쟁을 치르면 나락으로 떨어지게 되어 있었다.

그럼에도 항공모함을 공개한 까닭은 현실 상황 때문이었다. 영국의 건함 건조 능력은 최고여서 시기가 문제일 뿐 항공모함은 개발하게 되어 있었다.

그렇기에 항모 개방은 영국의 시간을 몇 년 앞당겨 준 것에 지나지 않았다. 물론 그도 대단한 일이었으나 대한제국은 영국과 전쟁할 생각도, 계획도 없었다.

그래서 부담 없이 항모를 개방해 국익에 훨씬 부합되는 방향으로 영국과의 관계를 새롭게 설정했다.

영국은 10명의 참전 무관을 파견했다.

참전 무관들은 도버해협을 건너 파리에서 철도를 탔다. 그리고 베를린과 모스크바에서 각각 환승하고서 대륙횡단철도로 요양에 도착했다.

이들은 요양비행장에서 비행선을 타고 항공모함으로 넘어갔다. 영국의 참전 무관들은 이러한 여정에 하나같이 놀랐다.

참전 무관들은 자신들을 태운 비행선에 대해서도 큰 관심을 보였다.

그러나 이들에게 허가된 것은 항공모함과 공격기의 운용 방식이었다. 그 바람에 아쉽지만 주어진 임무에 집중할 수밖에 없었다.

영국 참전 무관들은 3척의 항모에 각각 탑승했다. 그리고 항공모함의 운용과 실전 투입 실황을 철저하게 분석했다. 대한제국 해군은 이런 참전 무관들에게 공격기의 엔진이나 항모의 기관실 등 주요 시설과 기술을 제외한 전반적인 사항을 개방했다.

덕분에 영국 참전 무관들은 다양한 기술을 습득할 수 있었다.

이들이 가장 궁금해하는 부분 중 하나가 항공기의 이착륙이었다. 대한제국의 항모는 자체 제작한 장치를 이용해 항공기를 이륙시켰다.

참전 무관 중 최고 지휘관인 대령이 갑판에 설치된 장치를 보며 질문했다.

"함장님, 이게 무슨 장치입니까?"

항모의 함장이 설명했다.

"이 장치는 유압식 사출기로 영어로는 캐터펄트라고 합니다."

영국무관이 대번에 이해했다.

"아! 중세에 사용되었던 투석기를 말씀하는 거로군요."

"그렇습니다. 투석기처럼 이 사출기는 폭탄을 장착해서 자체 중량이 무거워진 공격기의 이륙을 돕는 장치이지요."

함장이 캐터펄트에 대해 설명했다.

영국 참전 무관이 연신 감탄했다.

"그렇군요. 이 장치만 있으면 몇 톤의 폭탄을 장착한 공격기도 쉽게 날려 올릴 수 있군요."

"그렇습니다."

영국 참전 무관은 사출기에 폭발적인 관심을 보였다. 이들은 사출기의 구동 방식이나 세부 사항을 알고 싶어 했다.

그러나 기밀에 속한 사항이어서 항모함장이 설명에 난색을 보였다. 그 바람에 영국 참전 무관들은 아쉬움 가득한 표정으로 물러나야 했다.

8월 하순.

대한제국군이 열도에 상륙한 지 3개월.

그동안 오사카까지 밀고 올라갔다. 대한제국군이 지나온 여정에 있던 도시들은 철저히 파괴되었다.

규슈와 시코쿠에도 추가 병력이 상륙해 섬을 초토화했다. 이전의 한일 전쟁 당시에는 규슈와 시코쿠에는 상대적으로 피해가 적었다.

그러나 이번에는 달랐다.

열도를 침몰시키려고 작정한 대한제국에 예외는 없었다. 내전의 상흔이 걷히지 않았던 규슈도, 피해가 거의 없었던 시코쿠도 철저하게 파괴되었다.

오사카까지 진격한 대한제국군은 교토를 비롯한 주변 지역을 무차별 공략했다.

교토 일대는 긴키[近畿]로 불리는 지역으로 동경천도 이전까지 일본의 정치 경제 중심지였다. 그런 긴키에는 수많은 유적이 산재해 있다. 이런 긴키도 예외 없이 공습에 이은 지상군의 공략에 완전히 초토화되었다.

일본 본토의 절반을 초토화한 대한제국군은 오사카 일대에서 잠시 휴식했다. 지상군 병력을 재정비해야 했고 계속된 공습으로 소모된 폭탄 등을 보급받기 위해서였다.

열도 공격이 잠시 주춤하는 사이.

대한제국은 다른 계획을 추진하고 있었다.

요동반도 대련.

대련은 일본 해군의 함포 공격에 상당한 피해를 입었다. 이런 대련이 그동안 밤을 낮 삼아 정비를 한 끝에 깨끗이 정리되었다.

아직 건물을 새로 올리지는 못했다. 그러나 항만과 기반 시설만큼은 거의 복구되어 있었다.

그런 대련의 한쪽에 마련된 비행장에는 100기의 공격기가 이륙을 준비하고 있었다.

대진은 국방대신과 공군 참모총장을 대동하고 대련 비행장을 찾았다.

"차렷! 총리대신님께 경례!"

"충! 성!"

조종사들의 인사를 받은 대진이 격려했다.

"아직도 산동 일대에는 45만의 일본군이 주둔해 있다. 이 산동군은 일본 최정예로 이들이 없어지지 않는 한 열도를 침몰시켰다고 할 수가 없다. 일본이 항복했어도 이들이 열도로 돌아가면 또다시 도발을 감행할 가능성이 높다. 그래서 여러분의 힘을 빌려 산둥 일본군을 박멸시키려고 한다."

대진이 조종사들을 죽 둘러봤다.

도열해 있던 200명의 조종사들은 단 1명도 고개를 돌리지 않았다. 조종사들의 빛나는 눈빛에 대진이 흡족해했다.

"가라! 가서 산둥 일본군을 궤멸시키도록 하라. 그래서 두 번 다시 우리 제국에 도발하지 못하게 하라. 나는 여러분을 믿는다."

격려사를 마친 대진이 단하로 내려갔다. 그러고는 도열해 있던 조종사들과 일일이 악수하며 어깨를 두드려 주었다.

잠시 후.

대기하고 있던 공격기들이 차례로 이륙했다. 그리고 곧바로 산둥 방면으로 편대를 이뤄서 날아갔다.

다음 권으로 이어집니다

꿈의 도약, 로크에서 하십시오
(주)로크미디어에서 신인 작가를 모십니다

즐거운 세상, 로크미디어는 꿈을 사랑하고 도전을 두려워하지 않는 작가 분들의 참신한 작품을 기다리고 있습니다. 21세기 장르 문학계를 이끌어 갈 차세대 선두 주자 (주)로크미디어에서 여러분의 나래를 활짝 펴 보시길 바랍니다.

모집 분야 판타지와 무협을 포함한 장르 문학
모집 대상 아마추어 작가, 인터넷 작가
모집 기한 수시 모집

작품 접수 시 유의 사항

1. 파일명은 작가명_작품명.hwp형식을 갖춰 주십시오.
1. 파일에 들어갈 내용은 다음과 같습니다.
   - 성명(필명인 경우 실명을 밝혀 주세요), 연락처, 이메일 주소
   - 제목, 기획 의도
   - A4용지 1장 분량의 등장인물 소개
   - A4용지 2장 분량의 전체 줄거리
   - 본문
1. 작품이 인터넷에 연재되고 있다면, 게시판명과 사이트의 구체적이고 정확한 주소를 기재해 주십시오.

선택된 작품은 정식 계약 후 출판물로 간행되어 전국 서점에 유통됩니다.
작가 분은 (주)로크미디어의 전폭적인 지원하에 전속 작가로 활동하시게 됩니다.
※ 자세한 내용은 로크미디어 홈페이지(rokmedia.com)를 참조하세요.

(04167)서울시 마포구 마포대로 45 일진빌딩 6층
(주)로크미디어 편집부 신간 기획 담당자 앞
전화 : 02) 3273-5135
www.rokmedia.com   이메일 : rokmedia@empas.com